真珠の海の火酒

ノーラ・ロバーツ

森　あかね　訳

MIRA文庫

Playing the Odds
by Nora Roberts

Published by Harlequin K.K., Tokyo, 2003

マクレガー家

18世紀

フィオーナ＝イアン

マルカム
グエン
セリーナ＝ブリガム・ラングストン
　ダニエル
カル＝マギー
　イアン

『反乱』
2003年1月MIRA文庫より刊行

現代

アンナ＝ダニエル

セレナ＝ジャスティン・ブレード
ジャスティン・ブレード……ダイアナ（兄妹）
ケイン
アラン

真珠の海の火酒

■主要登場人物

セレナ・マクレガー……………豪華客船のカジノ・ディーラー。
ダニエル・マクレガー…………セレナの父。投資家。
アンナ・マクレガー……………セレナの母。外科医。
アラン・マクレガー……………セレナの長兄。上院議員。
ケイン・マクレガー……………セレナの次兄。州検事。
ジャスティン・ブレード………カジノホテルチェーン経営者。
ケイト・ウォーレス……………ジャスティンの秘書。

1

いつものことながら出航前の船内は騒然としていた。期待に顔を輝かせた乗船客たちが、チケットとパンフレットを握りしめて次々と乗り込んでくる。中にはマイアミまでの長旅の疲れからか、やや沈んだ表情の人もいるが、ほとんどの人は興奮した面もちで声高にしゃべったり、辺りをきょろきょろ見回したりしている。

カジノ付きの巨大な純白の豪華客船、セレブレーション号。一歩この船に足を踏み入れれば、もう役人も教師も芸術家もない。これから十日間、船客たちは皆一様に仕事や日常を忘れて、カリブ海の船旅を満喫することになるのだ。

セレナは展望デッキの鉄柵《てっさく》に寄りかかり、桟橋のゲートをくぐって波のように押し寄せてくる乗客たちを楽しげに眺めていた。千五百人もの人々が一堂に会するのかと思うと、毎度のことながらそれだけでも胸がわくわくしてくる。コックやバーテンや船室係といった従業員たちは、すでにそれぞれの持ち場で仕事を始めている。けれども、セレナが活動を開始するにはまだ早すぎる。彼女はのんびりと回想にふけった。

セレナが生まれて初めて船旅を経験したのは八歳のときだった。両親に連れられて、ふたりの兄といっしょに客船の一等船室に乗り込んだのだ。そして、彼女はそのときの航海の醍醐味《だいごみ》が忘れられず、ついには客船で働くまでになってしまった。

セレナはセレブレーション号で働くつもりだと両親に打ち明けたときの父ダニエルの反応を思い出して、ひとり笑みを浮かべた。予想どおり、父親はスコットランドなまりを丸出しにして猛反対した。彼は大学で英文学と歴史学と社会学の学位を修得した優秀な娘がどうして船乗りなどになりたがるのか理解できず、甲板掃除をやらせるために人の倍近くもの年月を大学にいさせたわけではないとまでいった。雑役などはしなくてもいいことになっているとセレナが説明し、母親のアンナが笑顔でダニエルをなだめてやっと一件落着となったが、セレナは最初から父親が必ず折れて出ると踏んでいた。なぜかといえば、身長百九十センチ体重百キロという堂々たる体格をしていても、ダニエル・マクレガーは彼のいう〝マクレガー家の女性軍〟には頭が上がらなかったから。

ともかく、こうしてセレナは永久に続くかと思えた学究生活に別れを告げ、マサチューセッツ州南東部の避暑地ハイアニスポートにあるマクレガー家のお城のような屋敷を出て、望みどおりセレブレーション号で働くことになった。実家の三部屋続きの自分の部屋に比べれば、寝台付きの狭苦しいワンルームの船室はうさぎ小屋も同然だったが、気がねのいらない船の生活は彼女には快適そのものだった。

仕事仲間はセレナの知能指数がいくつであろうと、彼女が学位をいくつ持っていようと、そんなことにはまるで無関心だった。彼女の父ダニエル・マクレガーが天才的な投資家であり、その気になればセレブレーション号をまるごと買い取れるほどの資産家であることや、母親のアンナ・マクレガーが胸部外科の権威だということはだれも知らないし、長男のアランが上院議員で次兄のケインが州検事であるということも、知っている者はひとりもいない。要するに、同僚たちからすれば彼女はセレナという名のひとりの仲間にすぎなかったし、セレナのほうもそれでなんの不足も感じていなかった。不足を感じるどころか、そうした環境がとても気に入っていたのだ。

セレナは顔を上げて、風になびく渋みのあるブロンドを片手でかき上げた。男性的に張り出しているほお骨。シャープなあごの線。そして、日焼けしていないピーチ色の肌と鮮やかな対照をなしている青紫の瞳。父親は娘の目は紫色だといい、セレナの友人の中には彼女の目はすみれ色だと主張するロマンティストもいるが、セレナ本人は自分の目はブルーだといって譲らない。男どもはたいてい、まずセレナの目に惹《ひ》かれ、次に彼女がわれ知らず発散させている上品な色気に心を奪われる。けれども、今まで彼女はそのような男たちに関心を示したことは一度もなかった。

実際のところ、セレナは自分の目に惹かれていい寄ってくる男はばかだと思っていた。目の色はたんなる遺伝にすぎないし、彼女の人格とはなんの関係もないからだ。彼女の父親の書斎には、祖父の祖母の肖像画というえらく時代ものの絵が掛けてあるが、体格といい目の色といい、セレナはそのご先祖さまに生き写しだった。もし、だれかにきかれたら、彼女は喜んで先祖代々の遺伝に関する一考察を披露しただろう。だが、残念なことに、人々の注目の的になる神秘的な瞳を授かって二十六年、これまで彼女にいい寄ってきた男でそうした科学的な話に興味を持った者はひとりもいなかった。だから、セレナはそのような男たちにはほとんど関心を示さなかったのだ。

タラップを渡る人影がしだいにまばらになってくる。もうじき出航だ。セレナは船客でにぎわい始めた展望デッキに立ったまま、出航準備を始めている港の係員たちの動きを目で追っていた。

夏のシーズン最後の航海。セレブレーション号はこの航海を終えて再びマイアミに戻ってくると、その後二カ月間ドックに入ることになる。そして点検と準備がすむと、冬のシーズンの航海のために再び港に横付けされる。が、そのときにはもうセレナはこの船には乗っていないだろう。彼女はこの航海を最後にセレブレーション号の仕事を辞めるつもりでいるから。

セレナはこの一年間で当初の目的はある程度達成できたと思っていた。セレブレーション号で働き始めたとき彼女が求めていたのは、自由と独立と刺激だった。退屈な大学に別れを告げ、家族から離れて、自分ひとりの力で生きてみたかったのだ。同級生のほとんどが目標に掲げていた幸せな結婚など、もちろん最初から眼中になかった。そして一年が過ぎ、彼女はまた新たな冒険がしたくなった。全力を出して挑戦できるもっと刺激的な何かが欲しかった。それがなんであるかまだよくわからなかったけれど、少なくとも、船を下りて陸《おか》に上がる時期にきていることだけは確かだと思っていた。

汽笛が長く鳴った。セレナは船客で込み合っている展望デッキを離れて、着替えのために自分の船室に戻っていった。

それから三十分後、黒のタキシードの制服に身を包んだセレナは船内のカジノに入っていた。髪がほつれて顔にかかるといけないので、ブロンドの長い髪はきれいになで上げられ、ヘアピンで一つにまとめてある。いったん仕事が始まると休みなく両手を動かし続けなくてはならないし、とても髪をかき上げている暇などはないのだ。

シャンデリアが輝き、その明かりがアールデコ調の赤い絨毯《じゅうたん》の上に柔らかく降り注いでいる。湾曲した大きな窓からはガラスで囲まれた一等船客専用の遊歩デッキが見渡せ、その向こうに青々とした海原が広がっている。壁際にびっしりと並べられているスロットマシーン。それらはまるで、戦いを目前に控えた兵士たちのようだ。セレナは蝶《ちょう》ネクタイを整えながら、就業前の報告のためにカジノの責任者のもとへ赴いた。船はすでに港を離れ、徐々に速度を上げていたが、彼女の足取りはまるで大地の上を歩くようにしっかりとしていた。

「セレナ・マクレガー、これより業務に就きます」はきはきした口調でいった。

声をかけられた男が、持っていたクリップボードから顔を上げて彼女の全身に視線を走らす。デール・ジマーマン。カジノの責任者である彼は、長身のライト級のボクサーのような体格をしている。カールした短い髪と日焼けした小麦色の顔の中で、青く澄んだ瞳が明るく輝いている。デールは女性にもてるが、自分でも、ひそかにそれを自慢に思っていた。

「セレナ、相変わらずきみはへただね」クリップボードを小わきに挟んだデールがセレナの蝶ネクタイに手を伸ばす。

「とうとう蝶ネクタイの結びかたはマスターできなかったみたいね」セレナは肩をすくめてあごを上げた。

「だけど、きみがほんとうに辞めてしまうなんて、信じられないよ」蝶ネクタイを結び直しながら、デールが寂しげな笑みを浮かべた。

セレナはまゆを上げて彼の顔に視線を注いだ。この一年間、デールは何度となくセレナをベッドに誘った。もちろんセレナはそのたびにひじ鉄砲を食らわしてきたが、その断りかたがあまりにもはっきりしていたので、最近ではむしろふたりは気の置けない友だちどうしのようになっていた。

「あなたにそんな顔をされると、なんだか辞めづらくなっちゃうわ」デールが蝶ネクタイを結び終わると、セレナはにっこりと彼にほほ笑みかけた。「で、きょうのわたしのテーブルは？」

「二番テーブルだ」

セレナがテーブルのほうに歩いていくと、デールはあきらめたように肩をすくめてたばこをくわえた。火をつけて、ふうっと大きく紫煙を吐き出す。セレナが今回限りで辞めてしまうのかと思うと、デールは残念でならなかった。といっても、それは個人的な感情からだけではない。セレナは彼が今まで雇った中でもっとも腕のいい、天才的なブラックジャックのディーラーだったのだ。

セレブレーション号の公認カジノにはブラックジャックのテーブルは全部で八台ある。セレナたち八人のディーラーはローテーションに従ってテーブルを移り替わることになっている。交替で取るわずかな夕食時の休憩を除けば、午後から夜中過ぎまでずっと立ちずくめ。客がまばらなときには午後二時で店じまいとなるが、込み合っているときは午前三時までやっているときもある。

セレナと同じように制服のタキシードを着込んだ従業員がそれぞれ自分のテーブルに散っている。二番テーブルには、ゲーム進行補佐になったばかりのイタリア青年が控えていた。彼のことをよろしく頼むとデールからいわれたのを思い出しながら、セレナは笑顔でその青年に声をかけた。

「気を楽にしてね、トニー。きょうも長い夜になりそうよ」

カジノの出入り口になっているガラス扉の向こうには、すでに黒山の人だかりができていた。従業員たちに目で合図を送ったデールがうやうやしく扉を開けると、船客たちがぞろぞろと遠慮がちに入ってくる。

航海の初日はたいていそうだった。初日の昼間から勢い込んでカジノに飛び込んでくる船客は、まずいない。雰囲気をひととおり確かめ、夕食を取ったあとで本格的に乗り込んでくるのが常だ。船客たちのざわめきに混じって、ときどきスロットマシーンのレバーを引く音がセレナの耳に聞こえ、カジノ内にはようやく活気が漂い始めた。

セレナはこれまでの経験から、カジノにやってくる客をひと目で見分けることができた。つまり、その人が勝負か遊びか見物のいずれの目的でカジノにやってきているのか、顔つきを見ただけですぐわかってしまうのだ。

見物が目的の人はその大半が初めてカジノに足を踏み入れた人で、もの珍しそうに辺りを見回しながら申しわけ程度に紙幣を小銭に換え、おずおずとスロットマシーンに取り付くのが普通だ。

遊びが目的の人は現金をチップに換えると、すぐさまテーブルに着いてゲームを楽しみ始める。勝負が決するごとに一喜一憂するのが常だが、歓声を上げたりため息を漏らしたり、少々騒がしいのが難点だ。

そして残るのが、勝負だけを目当てにやってくる人たち。彼らはディーラーとの勝負に情熱を燃やす根っからのギャンブル好きで、あたりまえの顔をして静かにテーブルに着くのが特徴だった。身なりや年かっこうはさまざまで、中西部のいなか町から出てきた人のよさそうなおばあさんの場合もあれば、いかにもニューヨークのエリート社員といった洗練された物腰の紳士の場合もある。セレナのテーブルには三人の客が着いていた。セレナはカードの封を切って笑顔で彼らにあいさつした。

「いらっしゃいませ。ようこそ、カジノへ」

みごとな手つきでセレナがカードを切り、淡い明かりに照らされたグリーンのラシャ張りのテーブルの上でゲームが開始される。しだいに辺りに熱気が立ちこめ、カジノ内のあちこちでたばこの煙が上がりだした。セレナは三十分ごとにテーブルを移り替わった。彼女が夕食の休憩から戻ると、カジノ内にはすでに熱気とたばこの煙が充満し、スロットマシーンやルーレットの音が絶え間なく響いていた。客の服装は昼間よりもいっそうドレッシーで、日没を過ぎたあたりから客の数は目に見えて増えていった。

テーブルごとにカードや客が違うので、セレナは今まで、一度も退屈したことがなかった。その点でも、この一年は彼女にとって満足のいくものだった。なぜなら、セレナは大学時代に出会ったような同じパターンの人間にあきたらず、もっといろんな人に会ってみたくてブラックジャックのディーラーになったのだから。そして今、セレナのテーブルには五人の客がいる。テキサス州とジョージア州の出身者がそれぞれひとりずつ。ニューヨーカーがふたり。韓国人がひとり。セレナは顔かたちやことばのアクセントから彼らをそのように識別していた。客の出身地を見分けることは、彼女にとってはゲームと同じくらい大きな楽しみだった。

二枚目のカードを全員に配り終えたセレナが、伏せてある自分の一枚目のカードをそっとのぞく。手札の合計は十八。悪くない。まず、ニューヨーカーがもう一枚カードを請求した。彼は配られたカードを見るや、残念そうに首を振りながらため息をつき、スタンドを宣言してディーラーの手札の公開を待った。韓国人は手札の合計が二十二になってしまったので、ぶつぶついいながら早々とテーブルから離れていった。スリムな体つきのもうひとりのニューヨーカーは、二枚のカードの合計が十九だったので、そのまま勝負に出た。

「ヒット」ジョージア出身の男がだるそうな声でカードを請求した。配られたカードとセレナの顔を見比べながらスタンドを宣言する。彼の手札の合計は十八だった。

テキサス出身の男は終始マイペースで、バーボンをちびちび飲みながら身振りでカードを請求した。八のカードが来れば手札の合計が二十一になる。ところが、配られたカードは九だった。

「まさか、そんなかわいい顔をして、僕の金を巻き上げるつもりじゃあるまいね」バーボンのグラスを片手にテキサス男がセレナのほうに顔を突き出した。いよいよ勝負だ。

「残念ですが、どうもわたしの勝ちのようですわ」セレナはほほ笑みをたたえて自分の手札を公開した。「十八ですから」

このとき、先ほどまで韓国人の客が座っていたテーブルの場所に、ごつい男の手で無造作に百ドル札が放《ほう》り出された。セレナはいぶかしげに顔を上げた。するとそこには、彼女を見据えるグリーンの二つの目があった。セレナは魅入られたようにその目を見つめた。琥珀《こはく》色に縁取られたグリーンの瞳が、まるで底なし沼のように冷たく輝いている。セレナの背すじを戦慄《せんりつ》が駆け抜け、彼女は盛んにまばたきをして、あらためてその男の顔全体に焦点を合わせた。

男は、貴族を思わせるような気品のある顔だちをしていた。が、どうも王子や皇太子といった身分ではなさそうだ。セレナは直感的にそう思った。唇の薄い引き締まった口もとや太くて黒々としたまゆ毛には、王侯貴族の寛大さではなく支配者の冷徹さが漂っていた。このタイプの男なら、平然と無慈悲な戦いをくわだてて首尾よく勝利を収めるに違いない。セレナは心の中でそうつぶやきながら男の顔をまじまじと見つめた。ふさふさした黒い髪が真っ白なシルクのドレスシャツの襟にかかり、脂気の少ない肌は上司のデール・ジマーマンと同じように褐色に日焼けしている。けれどもセレナには、その男が船乗りだとはどうしても思えなかった。

男はほかの客とは違って、えさに飛び付く寸前の猫さながらじっとスツールに腰掛けている。黒いまゆ毛がぴくりと動き、セレナははっとわれに返った。

「百ドルをチップに交換、ですね?」セレナはひとり言のようにそういって、テーブルの上の紙幣をゲーム進行補佐のトニーに手渡した。百ドル分のチップが男に渡され、ゲームが新たに開始された。

男は不気味なほど静かにゲームに加わっていた。むだ口はいっさいきかないし、時折たばこをくゆらすだけで、体もほとんど動かさない。この人は勝負だけを目当てにやってきたギャンブラーに違いないわ。セレナはそう確信した。

男はカードを配るセレナのしなやかな手をじっと見つめていた。血管が青く透けて見えているミルク色の肌。透明のマニキュアを塗っているだ円形のきれいなつめ。それはカードを握るよりもしゃれたティーカップでも持つほうが似合いそうな手だった。

セレナの手から目を離すと、男は彼女の顔に視線を注いだ。セレナは無口で暗い感じの男に反発と興味を同時に感じながら、けげんそうにまゆを寄せて男の目をまともに見返した。男はセレナとも隣の客ともまったく口をきかないし、ゲームに勝っても顔色一つ変えない。セレナが見たところ、男はゲームの勝ち負けなど眼中になさそうだ。でなければ、自分の手札にほとんど注意を払わずセレナの顔ばかり見ているはずがない。

「十五ですよ」テーブルに並んだ男の手札を指さしながら、セレナがそっけない口調でいった。男がうなずいてカードを請求した。セレナが配った。なんと六のカードだ。が、それでも男はまったく顔色一つ変えない。

「きみはなんてついているんだ」男の手札を見て、テキサス男が感嘆し、減る一方の自分のチップの山に視線を移して、にやりと笑った。「僕もきみのつきにあやかるとするか」

だが不運なことに、テキサス男がカードを請求すると手札の合計は二十二になってしまい、またまた自分のチップを減らすはめになった。

セレナは負けた客たちのチップをかき集め、グリーンの目をした男の前に二十五ドルチップを二枚、ラシャの上を滑らすようにして差し出した。男が腕を伸ばすと、ふたりの手が軽く重なり合った。セレナは驚いて、とっさに男の顔を見た。男も無表情のまま彼女の顔を見つめている。セレナは背中に再び戦慄が走るのを覚えながら、何食わぬ顔でそっと手を引いた。

「ディーラー、交替します」セレナが静かにいった。ちょうどテーブルを交替する時間だった。彼女は内心ほっとしながら、「どうぞごゆっくり」といい残してそのテーブルから離れていった。そして、振り向いてはだめよと何度も自分にいい聞かせたにもかかわらず、彼女は次のテーブルの手前まで行ったとき、つい後ろを振り返ってしまった。案の定、例の男がテーブルに着いたまま彼女のほうをじっと見ている。

セレナは心持ち首を傾けて挑戦的なまなざしで男を見た。すると、男がかすかに口もとをほころばせた。セレナは男が表情を変えるのを初めて目にした。男もセレナと同じように小首をかしげている。それはまるで、彼女の挑戦を受けて立つという意思表示のようでもあった。セレナは男から目を離して新たな客たちの前に立った。

「ようこそ、カジノへ」彼女は新しいテーブルの客たちにあいさつして、新しいカードの封を切った。

月はまだ出ていた。セレナは淡い月明かりの下で展望デッキの鉄柵に寄りかかり、黒い海面に跳ね上がる白い水しぶきを眺めていた。船は快調に進んでいる。午前二時過ぎ。辺りにはだれもいない。セレナは船客たちが寝静まり、早番の船員たちがまだ起きてこないこの時間帯がいちばん好きだった。海の風に吹かれながら、ひとりでゆっくりと考えごとができるのだ。

セレナは深呼吸をして潮の香りを胸いっぱい吸い込んだ。夜が明けるころには、船はバハマ諸島の首都ナッソーに着いているはずだ。船が港に入っている間カジノは閉鎖されるので、ディーラーたちには自由時間が与えられる。しかし、セレナは朝早く起きて何かするよりも、いつまでもこうやって夜の潮風に吹かれているほうが好きだった。

セレナはカジノで出会った寡黙なギャンブラーのことを考えていた。人を惹き付ける奇妙な魅力を持った孤独な一匹狼《おおかみ》。セレナはふとそう思った。そして、彼のような男に近づくことがどれほど危険であるかということに思いを巡らせていると、背後でいきなり男の声がした。

「まだ寝ないのかい？」

セレナはびくっとして思わず鉄柵を両手で握りしめた。初めて聞く声だった。だが、不思議なことに、セレナはその声の主《ぬし》がだれかすぐにわかった。その声の主はカジノではひと言もしゃべらなかった。でも、きっとあの男に違いない。セレナはゆっくりと振り返った。やはり、あの男だった。

「ゲームのほうは、あれからいかがでした？」セレナは動揺を押し隠しながら、かすかに震える声でいった。

男はセレナの顔を見つめたまま、穏やかな声で答えた。「まああだったね」

セレナは男のことばのなまりから、彼の出身地を割り出そうとした。しかし、まったく抑揚のない低くて滑らかな男の声からは、確かなことは何一つわからなかった。

「ずいぶんお勝ちになったんでしょうね。あなたのお手並みはプロ級でしたもの」

かすかにほほ笑みながらセレナがそういうと、男は口もとに薄笑いを浮かべてたばこを取り出した。火をつけて勢いよく煙を吐き出す。白っぽい煙が、風に吹かれてあっという間に散っていく。セレナは少し気持ちが楽になってきた。鉄柵に背中を預けて、ゆったりと構える。

「船旅はいかがです？」

「思っていたより快適だね」男はゆっくりとたばこをくゆらした。「で、きみは？」

「わたしの場合は仕事ですから」セレナがにっこりと笑う。

男は彼女の隣に来て鉄柵にもたれると、足を軽く交差させた。「それじゃ答えになっていないよ、セレナ」

名まえを呼ばれたセレナははっとして隣の男を見上げ、それから自分の胸の名札に視線を落とした。「もちろん快適ですわ、ええと――」

「ブレード」男はセレナのほうに体を向けて、落ち着いた声でいった。「ジャスティン・ブレード。どうかお見知りおきを」

「あなたのことはよく覚えておりますわ。あんなに負けたのは久しぶりですから」

口もとをほころばせて、ジャスティン・ブレードはうなずいた。「なかなかどうして、きみの腕もたいしたものだったよ。ディーラーになってどのくらいになるんだい？」

「一年ですわ」

セレナの返事を聞いて、ジャスティンは明らかに驚いたようすだった。たばこを深々と吸い込んで、吸い殻を足でもみ消した。「ちょっと手を見せてごらん。たった一年であれほどのカードさばきができるなんて……」ジャスティンはセレナの手を取ってしげしげと見つめた。「で、ディーラーになる前には何を？」

まるで愛撫《あいぶ》するような手つきでジャスティンが指や手のひらを押さえるので、セレナはなんとなく妙な気分になってきた。

「学生……」消え入りそうな声でセレナは答えた。

「何を勉強していたの？」

「おもしろそうなことならなんでも」セレナは気持ちに余裕を持とうとして、わざとちゃめっけたっぷりに答えた。「あなたのほうは？　何をしていらっしゃるの？」

「おもしろそうなことならなんでも」

セレナがぷっと噴き出した。「じゃ、そういうことにしておきますわ、ブレードさん」

セレナは手をそっと引っ込めようとしたが、ジャスティンは指先に力を加えて、彼女の手を放そうとしない。

「ああ」男がつぶやくようにいった。「ただし、これからはジャスティンと呼んでほしいな。なにもそう堅苦しく構える必要もないんだし」

セレナの心の奥のほうから、このまま彼のペースに乗せられてはだめよという声がした。

彼女は背すじを伸ばしてジャスティンを見つめた。

「でも、規則ですからそれはできません」硬い声でセレナがいった。「悪く思わないでくださいね、ブレードさん」

セレナは再び手を引っ込めようとした。しかし、それでもなおジャスティンは手を放そうとはしない。それどころか、彼はゆっくりと上体をかがめて彼女の手の甲に唇を押しつけさえした。

「そんなことくらいはわかっているよ。だけど、規則には例外が付き物なのさ」まるでセレナの手に息を吹きかけるようにジャスティンがささやいた。

セレナの息づかいがしだいに速くなり、彼女は口を引き締めて理性を励ました。

「わたし、もう行かなくては」きっぱりとした口調でいった。「そろそろ寝る時間ですから。手を放していただけます？」

ところが、ジャスティンは片手でしぶとくセレナの左手を握りしめたまま、もう一方の手を彼女の髪に伸ばした。そしてヘアピンを抜き取って、海に投げ捨てた。ブロンドの髪がさっと風になびく。セレナはきっとしてジャスティンを見据えた。

「寝る時間……。確かにそうかもしれない」セレナの髪に指を差し入れながら、小憎らしいほど落ち着き払った態度でジャスティンがいった。「だけど、きみには夜が実によく似合うね。さっき、きみの後ろ姿を見ていて、つくづくそう思った」

そしてジャスティンは流れるような身のこなしでセレナの正面に回り、彼女の体をあっという間に鉄柵に押しつけてしまった。目が合うと、ジャスティンは余裕たっぷりに笑みを浮かべた。月明かりの下で白く輝くセレナの肌に赤みがさし、彼女は不快そうにまゆをしかめた。

「やはり、あなたはずうずうしくてぶしつけな人なのね」セレナはかんしゃくを起こしそうになるのを懸命にこらえながら、穏やかにいった。「カジノにいたときのようすといい、今のこの態度といい、つくづくそう思うわ」

ジャスティンは、愉快そうに声を上げて笑った。「やはりとは恐れ入ったね。だけど、まあ、当たらずとも遠からずってところかな。なにしろカジノでは、きみのヌードばかり想像しちゃってゲームどころではなかったからね」

セレナの表情がこわばり、体は微動だにしなくなった。風に吹かれて髪が額にかかっても、まゆ一つ動かさない。

ややあって、不気味なほど優しい口調でセレナがいった。「おかわいそうに」

けれども、このときすでにセレナは右手でしっかりとげんこつを作っていた。この男が乗客であろうがなんであろうが、力任せにぶん殴ってやるつもりだった。小さいころ兄たちに教わったように、腰を入れ、スナップを十分にきかせて。

「僕がゲームのときに気を散らすなんて、めったにないことなんだよ」じわじわとセレナに体を押しつけながらジャスティンがささやいた。「きみの瞳は魔法使いの瞳みたいだね。神秘的で謎《なぞ》めいていて」

「ばかばかしい」セレナは吐き捨てるようにいった。「魔法使いなんて見たこともないくせに」

「ところで、セレナ」ジャスティンはセレナの返事にまったく動じるようすもなく、なおも小声で話し続けた。「きみは運というものを信じるかい？」

「ええ」セレナはぶっきらぼうに答えて、すぐに心の中で付け足した。それにわたしのパンチの破壊力もね。

ところが、ジャスティンが体にゆっくりと両手を回して顔を近づけてきても、セレナはまるで蛇ににらまれた蛙《かえる》のようにじっとしていた。やがて唇が重ねられ、温かくて柔らかいジャスティンの唇の感触が、彼女の右手のこぶしに込めた力を吸い取っていった。セレナはくじけそうになる自分の心にむち打って、再び右手に力を込め、男のおなかの辺りにねらいを定めた。

しかし、ジャスティンのおなかにのめり込むはずだったセレナのこぶしは、いまいましいことに、そうなる前に彼の大きな手ですっぽりと包み込まれてしまった。悔しそうにセレナが手首をよじると、ジャスティンはまたもや大声で笑いだした。

「まだまだ修行が足りないようだね」ジャスティンはセレナの両手を押さえつけたまま、からかうようにいった。「勝負に出るときには、ポーカーフェイスが肝心なんだよ」

「放してよ！　じゃないと……」

ジャスティンがやにわに唇を重ねると、セレナは半ばぼう然として彼のキスを受けた。

「じゃないと……？」唇をわずかに離して、ジャスティンがささやいた。熱っぽい彼の吐息がセレナの唇をくすぐり、彼女の気力がしだいに萎《な》えていった。ジャスティンはそれを見透かしたかのように再びすばやく唇を重ねると、今度は大胆不敵に舌を滑り込ませた。

セレナの胸が大きく波打ち、全身から急速に力が抜けていく。彼女はうっとりと目を閉じて、ジャスティンのなすがままになった。そして彼がセレナの体をしっかりと抱き締めると、セレナは思わず両手を彼の首に巻きつけていた。頭を心持ち後ろに傾け、彼の唇を熱烈に受け止めながら。

「目を開けてごらん、セレナ」彼女の髪を指ですきながら、ジャスティンがささやいた。

セレナが重いまぶたを開くと、ジャスティンは潤んだ瞳をのぞき込んだ。ジャスティンは真剣なまなざしで話し続けた。「そうやってずっと僕を見ていてくれないか？　僕がキスを終えるまで」

ジャスティンはいっそう激しく唇を押しつけてきた。セレナはいわれたとおり目を開けたまま、ジャスティンを見つめていた。ジャスティンも薄目を開けてセレナを見つめていた。ふたりの舌が狂ったようにもつれ合い、息づかいがしだいに荒くなっていった。セレナはもう目を開けていられなくなった。めまいがするほどの興奮の中で、体中の力が抜けていくようだった。小さくうめいて、ジャスティンは再び彼女の体を強く抱き締めた。

しかし、セレナの理性はまだ完全にまひしてはいなかった。息苦しいほどの快感を覚えながらも、彼女は頭の片隅でまだ考え続けていた。このままこの男に身を任せてはいけない。見ず知らずのこんな強引な男に、と。

セレナは抵抗を始めた。だが、ジャスティンの体はびくともしなかった。セレナはやっと、ジャスティンの体の大きさに気づいた。壁のような胸。太くてたくましい腕。身長はゆうに百八十五センチはありそうだ。少々腕力に自信があるくらいでは、とてもかないそうにない。だが、それでもセレナは体をくねらせ、首をよじって抵抗を続けた。やがてジャスティンが体を離すと、セレナは呼吸を整えながら彼をにらみつけた。

「最後までこの船の乗客でいたいのなら、もう二度とこんなまねはしないことね」セレナが威嚇するような口調でいった。

「たとえきみがこうされるのを望んでいてもかい、セレナ?」

ジャスティンの自信たっぷりの口ぶりに、セレナは内心ぎくりとした。まるでゲームで自分の手札を見抜かれたような、そんな気がした。わずかに後ずさって、無理に平気な顔を装う。

「ともかく、二度とちょっかいは出さないでちょうだい!」セレナは険しい声でいい放った。

ジャスティンは不敵な薄笑いを浮かべて、ゆうゆうと鉄柵に背中を預けた。「いやだね」セレナを見つめながら事もなげにいった。「このゲームを途中で投げるつもりはないね。チップはすでにかけてあるんだし」

「なら、ご自由にどうぞ」セレナはますます感情的になった。「そのゲームとやらをかってに楽しむといいわ。あなたおひとりでね。わたしは降りさせていただきますから」

セレナはいい捨ててくるりとジャスティンに背を向けると、荒々しい足取りで展望デッキから下りていった。

ジャスティンはポケットに両手を入れて、にやにやしながらセレナの後ろ姿を目で追いかけていた。そして、ポケットの中の小銭をじゃらじゃら鳴らして、ひとり言のようにつぶやいた。

「もう手遅れさ」

2

セレナはカーキ色のショートパンツをはいてから、床に腹ばいになって寝台の下に手を伸ばした。サンダルは確かにそこにあるはずだった。船客たちは、すでにほとんどナッソーの町に繰り出している。今から下船すれば、港でタクシーの運転手や観光案内人たちにうるさく付きまとわれる心配もない。セレナは今回が最後の航海ということもあり、人並みにナッソー見物に出かけて家族に土産《みやげ》でも買うつもりでいた。一足しかない外出用のサンダルがなかなか見つからない。彼女はぶつぶついいながら体を思い切り伸ばした。指が壁に突き当たる。

「狭いながらも楽しいわが家、か」セレナはそうつぶやきながら腕を横にはわしていった。ボルトで床に固定された質素なベッドと化粧台があるだけの狭苦しい船室。もし閉所恐怖症だったりしたら、とても楽しいどころの騒ぎではなかっただろう。

やっとサンダルを捜し当てたセレナは、床に座ったままそれを履き、持っていくトートバッグの中味を点検した。財布とサングラスはちゃんと入っている。これでよし、と。セレナは勢いよく立ち上がった。仲間のディーラーたちを誘ってみようかとも思ったけれど、それはやめにした。きょうはいつもとはちょっと違う気分だし、彼らにそれを見抜かれて理由をきかれるとめんどうだから。

セレナはジャスティン・ブレードのことなど口にしたくもなかった。考えたくもなかった。あんな強引で失礼な男のことが気になって寝不足になるなんて、まったくどうかしている。いらだたしげにカーキ色のテニス帽をかぶって足早に船室をあとにした。

しかし、ふと気がつくと、いつのまにかジャスティンのことを考えている。しかもセレナは、エレベーターがあるのをすっかり忘れてわざわざ階段をてくてく上っていた。こんな調子では先が思いやられる。あと九日間のしんぼうなんだからと自分を励ましてみても気分は少しも晴れてはくれない。

階段を上りながら、セレナはひとりの男性客にしつこく付きまとわれた去年の春の航海を思い出していた。その男はデトロイトからやってきたセールスマンで、あの手この手でセレナの船室に忍び込もうとまでしたのだ。結局、彼女のとっさについたうそが効を奏して事なきを得たが、あんなうそがジャスティン・ブレードみたいな抜け目のない男に通用するはずがない。あのときまことしやかについたうそがセレナの頭の中で虚《むな》しくこだました――〝わたしには恋人がいて、実はこの船の機関長をしているの。まるで熊《くま》のような体つきのイタリア人で、血の気が多くて怒ると何をしでかすかわからないのよ。だから、あまりわたしに近づかないほうがいいと思うわ〟

セレナは自嘲《じちょう》ぎみの笑いを浮かべてメインデッキに出た。すると、タラップが掛かっている舷門《げんもん》の手前で、船長と一等航海士がなにやら口論している。セレナに気づいた船長が横目で一等航海士を見ながら大げさに顔をしかめ、彼女はそれにウインクで応《こた》えた。船長は薄茶色の髪をしたイギリス人で、小柄だがとても若々しいナイス・ミドルだ。

「きょうの議題は何かしら？　わたしが議長をしてあげてもいいわよ」セレナはふたりの間に割って入って、ちゃかすような口ぶりで声をかけた。彼女はこのふたりのばかばかしい口論にはもうとっくに慣れっこになっている。

「実はデュワルター夫人のことなんだ」船長のジャックが先に口を開いた。「ロブのやつ、彼女が未亡人だといってきかないんだよ。わたしが見たところ、ありゃ絶対出戻りだね」

「いいや、未亡人さ」腕組みをしながら、一等航海士のロブが反論した。「美しくて裕福な未亡人といったところに決まってるさ」

「デュワルター夫人ねえ？」セレナが思案顔でつぶやいた。

「ああ」ジャックが答える。「背が高くて短い赤毛の――」

「プロポーションは抜群さ」

「だが、あまり身持ちはよさそうじゃないな」ジャックはそういいながら、セレナのほうに顔を寄せた。「きっと、相当なしたたか者だよ」

「まあまあ」セレナは軽く両手を上げてふたりを制した。その女性なら、昨晩カジノに来ていたのでセレナにも見覚えがあった。「つまり――」いささかあきれ顔で彼女は続けた。「あのご婦人が離婚した女性か夫と死別した女性か、それをはっきりさせたいってわけね？　で、指輪は？」

「もちろん、していたさ」ロブが胸を張って答えた。「ちゃんと左手の薬指にね。だから、出戻りなんかのはずがないんだ」

「きみの単純さには恐れ入るよ」ジャックが皮肉たっぷりの口調でいった。

ロブがまた何かいおうとしたので、セレナは慌てて彼に質問を浴びせた。「その指輪だけど、どんなのだった？　金や銀のありきたりの指輪？　それとも宝石か何か？」

「鶏の卵くらいのダイヤがはめ込んであったな」ロブが答えた。勝ち誇ったようにジャックのほうをちらっとうかがう。「つまり、指輪一つから判断しても裕福な未亡人ってわけさ」

「残念ながら、じゃないみたいね、ロブ」セレナが気の毒そうに結論を下した。「未亡人なら普通の指輪をしているはずだもの。それに、あなたの気持ちはわかるけど、鶏の卵というのは少し大げさすぎやしない？」

セレナはなだめるようにロブのほおを軽くたたいた。ふたりの間をすり抜けてタラップに出ると、回れ右をしてふたりに敬礼した。「セレナ・マクレガー、これよりお先にナッソー見物に出かけます」

「かってにどこにでも行ってくれ」いまいましそうにロブがいった。「ま、せいぜい色男でも引っかけることだな」

「がんばってみるわ」セレナは明るい笑い声を残して軽快にタラップを下りていった。

太陽はさんさんと降り注ぎ、やや湿り気のある潮風が優しくほおをなでていく。セレナはトートバッグを肩にかけ、弾むような足取りで町に向かって波止場を歩いていた。いつのまにか気分もすっかり軽やかになっている。バハマ諸島でも有数の観光地、ナッソー。セレナはこれから数時間、この町で思い切りショッピングを楽しむつもりだった。

波止場にたむろしている少年たちがセレナに気づいて笑顔で近づいてくる。彼らは観光客相手に貝のネックレスを売っているのだ。

「ねえ、買ってよ。たったの三ドルだよ」両手いっぱいにネックレスを広げて見せながら、ひょろっとした感じの黒人の少年が声をかけてきた。ショートパンツをはき、上半身は裸だ。錆《さ》びかけたメダルを首にぶら下げている。彼の横でポータブルラジオを耳に当てて小刻みに体を揺り動かしている少年は、どうやら彼の相棒らしい。

「高いわねえ」セレナは、まるで近所の子どもに話しかけるような口調で答えた。「一ドルなら買ってもいいわよ」

「そんなあ……」黒人の少年はわざとらしく困った顔をしてみせた。「そりゃ、あんたほどの美人ならただでもいいけど、あとでおやじに殴られちまうもの」

セレナはからかうようにまゆを上げた。「まあ、おじょうずだこと。じゃ、そのおせじに免じて、一ドルと二十五セント」

「二ドル五十セント。これはおいらの手作りなんだよ。苦労したんだから。貝を集めて、穴を空けて、糸を通して、それから――」

セレナは笑いながら首を振った。「サメの大群を蹴散《けち》らして丸木船に乗って売りにきたの？」

「この辺りにはサメなんていないよ」少年は胸を張った。「それじゃ、大負けに負けて、二ドル」

「せいぜい一ドル五十セントってところね。それで手を打ちなさい」

セレナは明るくほほ笑みながら手提げ袋から財布を取り出すと、代金を少年のポケットにねじ込んでウインクした。

「まいっちゃうなあ。でも、まあいいや」少年は両手を差し出しながら肩をすくめた。「好きなのを選びなよ」

セレナはネックレスを選んで手に取った。少年にさらに二十五セント玉を握らせてトートバッグを肩にかけた。「しっかりおやんなさい、カリブの海賊さん！」

そしてセレナは片手でバイバイをして、再び町に向かって歩き始めた。

そのとたんに、ひとりの男の姿がセレナの視界をかすめた。彼女は歩みを止め、探るようなまなざしで男を見つめた。男はひざから下を切り落としたジーンズをはき、ベージュのTシャツを着ている。日ざしがきついというのに、サングラスもかけていなければ帽子もかぶっていない。まるでそんなものは必要ないさといわんばかりに、涼しい顔で日向《ひなた》に立っている。男はゆっくりとセレナに近づいてきた。

セレナは近づいてくるジャスティン・ブレードに視線を注ぎながら、彼の褐色の肌や足の運びに、獲物を追い詰める狩人《かりゆうど》を連想していた。コンクリートやアスファルトよりも砂漠や草原のほうがよく似合う、野性的な男――。

「やあ、おはよう」セレナの手を取って、ジャスティンがいった。まるでデートの約束でもしてあったみたいに。

「おはようございます」セレナはそっけない口調であいさつを返した。ジャスティンに握られている手をわざと見ないようにして。「市内見物のツアーには参加なさらなかったの？」

「ああ。人のあとにくっついてぞろぞろ歩くのは好きじゃないんでね」ジャスティンはセレナを促して町に向かって歩き始めた。

「でも、限られた時間内で見物するには、それがいちばんだと思いますけど」

「そんなことはないさ」こともなげに、ジャスティンがいう。「きみに案内してもらうという手もあることだし」

「それは無理みたいね」セレナはぴしゃりといい返した。「わたしにはその気はありませんし、そんな暇もありませんから。いろいろ買い物をしなくちゃならないもので」

「なるほど。で、まずひとつすんだ、と」ジャスティンはセレナがまだ手に握っていた貝のネックレスに目をやった。「お次は、どこで何を？」

セレナはジャスティンを見上げて、いらだたしげにいい返した。「そんなこと、あなたには関係ないでしょう？　わたしはぶらぶら町を歩き回るのが好きなの」

「僕もだ」

「ただし、ひとりでね」

ジャスティンがすばやくセレナの前に回り込んだ。セレナは驚いた表情で足を止めた。

「きみは見知らぬ土地で互いに助け合ったアメリカ人の話を聞いたことがあるかい？」ジャスティンはそういいながら貝のネックレスを手に取って、あたりまえといった顔でセレナの首にかけた。

「いいえ」セレナはぎこちない笑みを浮かべてそっけなく答えた。

「じゃ、遊覧馬車にでも乗りながらその話をしてあげよう」

「わたしは買い物に行くっていったはずよ、ブレードさん」

「だけど、どこで何を買うかまだ決まっていないんだろう？　馬車で町をひと回りすれば、いい考えも浮かぶというものさ」セレナがいい返そうとすると、彼女を制してジャスティンが続けた。「それと、ブレードさんじゃなくて、ジャスティン。わかったかい？」

セレナはあきれ顔でため息をついた。わずかにまゆ根を寄せて、ジャスティンをまじまじと見つめる。「あなたは今まで、ノーといわれてすなおに引き下がったことがあるの、ジャスティン？」

「ない、かもしれないな」

「でしょうね」つぶやくようにセレナがいった。

「じゃ、こうしよう。コインを投げて表が出たらいっしょに馬車に乗る。裏だったら、ここで別れる」

ジャスティンがポケットから二十五セント玉を取り出すと、セレナはうさん臭そうにそのコインを見つめた。「まさか両面とも表じゃないでしょうね」

「僕はいかさまはしない」

ジャスティンは親指とひとさし指でコインをつまんでセレナに表と裏を確認させると、そのまま慣れた手つきでコインを頭上高く投げ上げた。セレナはばかばかしいと思いながらも、運試しのつもりでおとなしく結果を待った。ジャスティンがコインを手の甲で受けて彼女に見せた。表だ。

「なんとなく、こうなるようないやな予感がしていたわ」セレナはあきらめたようにつぶやくと、首を振り振りジャスティンのあとからしぶしぶ二頭立ての四輪馬車に乗り込んだ。ひづめの音を響かせながら、馬車がとことこと進み始める。セレナはもったいをつけて黙りこくっていた。自分のほうからは絶対に口をきかないつもりだった。が、それはものの五分と続かなかった。もしほんとうに馬車に乗りたくなかったなら、セレナはたとえピストルで脅されても乗りはしなかっただろう。それなのに、いくらコインのかけに負けたからといって、あっさりジャスティンのいいなりになってしまうなんて！　セレナはとうとう沈黙に耐えられなくなり、トートバッグをわざと床に落として、それを拾い上げながら何げなく口を開いた。「あなたはいったい何をしに来たの？」

ジャスティンはセレナの座席の背に腕をはわして、とぼけ顔で答えた。「馬車に乗りに来たのさ」

「からかわないで。ちゃんと答える気がないのなら、今すぐこの馬車から飛び降りるわよ」

ジャスティンはセレナをまじまじと見つめた。そして、にやにやしながら彼女のうなじを指でなでた。「何が知りたいんだい？」

「なんの目的でセレブレーション号に乗り込んできたのかってきいてるの！」首すじがむずむずするのに耐えながら、セレナはとげとげしくいった。「わたしには、あなたがカリブ海の船旅をのんびり楽しむようなタイプだとはどうしても思えないわ」

「知人に勧められたのさ。たまには骨休めをしないと体に毒だなんていわれてね」ジャスティンはまた指先でセレナのうなじをさっとなでた。「ところで、きみはなんでまたブラックジャックのディーラーなんかに？」

「退屈だったから」セレナはそう答えて思わず顔をほころばせた。

再び沈黙が広がり、御者が島の名所の説明を始めた。だが、客のふたりがまったく説明を聞かないようなので、御者は軽く舌打ちして不きげんそうに黙り込んでしまった。

「あなた、出身はどこなの？」話の接ぎ穂に困って、セレナがジャスティンにきいた。

「わたしはお客さんの出身地ならたいてい見分けられるんだけど、あなたの場合、正直いって見当もつかないわ」

ジャスティンは謎《なぞ》めいた笑いを浮かべた。「なにしろこの僕ときたら旅がらすも同然だからな」

「生まれは？」少しむっとして、セレナがさらにきいた。

「ネバダ」

「ラスベガスね」セレナの口調は自信に満ちていた。「そこで生まれ育って、腕を磨いたってわけね」

しかし、ジャスティンは肩をすくめただけだった。

セレナはジャスティンの横顔に視線を注いだ。「で、あなたはどうやって生計を立てているの？　やはりギャンブルで？」

ジャスティンはセレナのほうに顔を向けて、彼女の瞳をじっと見つめた。「そうだよ。でも、なぜ？」

「きのうの晩あのテーブルにいた人でギャンブラーだと思える人は、ジョージアなまりの人とあなただけだったから」セレナは窓の外に目をやって昨夜のことを思い出した。「もっとも、あのお客さんもあなたほど手ごわくはなかったけど」

「ほかの客はどうだったの？」興味深げにジャスティンがきいた。

「そうねえ。たとえばバーボンを飲みながらやってたテキサスなまりの人。あの人は遊びが目的で、ゲームをするのがただ楽しいだけだと思うわ。それから、あとのふたりのニューヨーカーだけど――」セレナは目を輝かせて生き生きとしゃべった。「ほっそりしたほうの人は少しはできるみたいだったわ。でも、読みがまだ甘いし、大きな勝負は無理でしょうね。もうひとりのニューヨーカーは自分ではギャンブラーのつもりらしいけど、典型的なへたの横好きだと思うわ」

「なかなか鋭い観察だね」ジャスティンはセレナの瞳をのぞき込んだ。「きみ自身は、ギャンブルはやらないのかい？」

「たまにはするけど、ゲームの種類にもよるわ」セレナはジャスティンと目を合わせて意味ありげに口もとをほころばせた。ジャスティンがトランプ遊びよりももっと危険なゲームのことをほのめかしているのは明らかだった。「ただし――」セレナが続ける。「わたしは危険なかけは絶対しないわ。損はしたくないもの」

ジャスティンはにやにやしながら座席にゆったりと座り直した。「見てごらん」右のほうに顔を向けて、ジャスティンがいった。「なんとも美しい海岸じゃないか」

「そうね……」セレナもうっとりと海岸を眺めた。

このときとばかりに御者がまた島の自慢話を始めた。御者は、それから遊覧コースを一周し終えるまでずっとしゃべり続けた。

町の目抜き通りは、買い物袋やカメラをぶら下げた観光客でごった返していた。馬車が元の場所に戻ると、セレナはにっこりとジャスティンにほほ笑みかけた。

「楽しかったわ。じゃ、わたしはこれで」

セレナがそういって馬車を降りようとすると、ジャスティンは彼女の体を抱き上げて、ゆっくりと地上に下ろした。

「ありがとう」内心どきどきしながら、セレナは降りてきたジャスティンに礼をいった。

「それじゃ、よい一日を」

「きみもね」ジャスティンはセレナの手を取ったまま、なかなか放そうとしなかった。

「ジャスティン……」セレナは深々とため息をついた。「遊覧馬車に付き合ったんだから、もういいでしょう？　わたしは今すぐ買い物に行きたいの」

「じゃ、今度は僕が付き合おう」

「その必要はないわ」セレナはつっけんどんにいい返した。「それに、たとえ付き合ってもらったとしても、あなたは退屈するに決まってるもの」

「退屈なんかしないさ」

「いいえ、きっとするわ」

しかし、ジャスティンはセレナのことばなど意に介さず、彼女の手を引いてさっさと目抜き通りに向かって歩き始めた。そのあまりの強引さに、セレナは怒るというより笑いだしたい気分だった。

「あの〝ナッソー〟と書いてあるブリキの灰皿なんか、どうだい？」ジャスティンがのんびりした口調でいった。

セレナは思わずくすりと笑った。「それじゃ、まずこの店から物色していきましょうか」

彼女はジャスティンの手を引っ張るようにして店の中に入っていった。こうなったらもう、彼が音を上げるまで鼻面を引き回してやるつもりだった。

ところが、キーホルダーやカラフルなTシャツや貝細工の小箱などでセレナのトートバッグが重くなり始めたころには、すでに彼女はジャスティンを追い払おうとは思わなくなっていた。気難しい孤独な一匹狼《おおかみ》とばかり思っていたのに、彼はさながら気の置けない友人のように、軽いジョークを飛ばしながら楽しげにセレナの買い物に付き合っていたのだ。

「ねえ、見てこれ！」椰子《やし》の実で作った仮面をつかんでセレナがいった。仮面は、歯をむき出してにたにた笑っている男の顔をかたどったものだった。

「なかなか気品のある顔だ」ジャスティンはにやにやしながら仮面を手に取った。

「よくいうわよ」笑いながらセレナが財布を取り出す。「その顔は滑稽《こっけい》以外の何物でもないわ。兄へのお土産にはそれしかないって感じ。ケイン兄さんって、おかしな人なの。だからわたしと馬が合うのかな……」

しかし、ジャスティンにはセレナの声が聞こえていないようだった。彼は相変わらずにやにやしながら、ためつすがめつその仮面を見ていた。

麦わら細工の店が立ち並んでいる路地は、観光客や地元の商人たちでごった返していた。ふたりは人の波をかき分けながら路地の奥へと進んでいった。

「あれなんかどうかしら」セレナは一軒の店先で足を止め、巨大なかごを指さした。

ジャスティンがかごをセレナの前に置いた。「こんなばかでかいかご、どうしようっていうんだい？」

「わたしが使うんじゃないの」セレナはひとり言のようにつぶやいた。「母にどうかと思って。母は編み物が好きなんだけど、材料や道具をいっぺんに持ち運べる入れ物って、ありそうでないのよね」

「手作りだよ」

　いきなり女性の声がしてセレナがそのほうに顔を向けると、浅黒い肌の大がらな老女が、小さなパイプをくわえてロッキングチェアに揺られていた。

「もちろん、このあたしがこしらえたのさ」老女は得意げに自分のおなかをぽんとたたいてみせた。「うちの店には、メイド・イン・ホンコンなんていうまがい物は置いてないよ」

「すてきなかごだわ」セレナはその女性のしつような視線にどぎまぎしながら、かごを手に取った。

「ところで」老女がジャスティンに声をかける。「あんたは何か買ってあげたのかい、奥さんに？」

「いや、まだだよ」びっくりしているセレナをしり目に、彼は平然とことばを返した。

「なにかお勧め品はあるかい？」

「ジャスティン――」

「あるとも」老女はセレナのことばを遮って、右わきにあった衣類の山から民族衣装のような超ミニのワンピースを抜き出した。クリーム色の生地で、虹《にじ》色のはでな縁取りが付いている。

「こんなの、ほかでは売ってないよ」老女はその服をジャスティンに手渡した。「縁取りの紫色がとてもきれいだろう？　あんたの奥さんの目といっしょだ」

「わたしの目はブルーですよ。それにわたしは――」

「どれどれ」ジャスティンはセレナの体にワンピースを当てて目を細めた。「うん、いいじゃないか。よし、これをもらおう」

「今晩さっそくこれを着てみなさい」老女はセレナの手提げ袋にワンピースをねじ込みながら、にんまりとして口もとにしわを寄せた。「だんなさんが喜ぶよ。いちだんとセクシーになるからね。いっひっひっひ」

「それは楽しみだな」ジャスティンはにやにやしながら代金を老女に支払った。

「ちょっと待ってよ」セレナはかごを持った手でジャスティンをさし示した。「この人はわたしのだんなさんなんかじゃないのよ」

「あんたのだんなじゃない？」老女は再び妙な声で笑うと、首を横に振りながらロッキングチェアを大きく前後に揺すった。「年寄りをからかうもんじゃないよ、奥さん。こう見えても、あたしは目はまだ確かなんだからね。で、そのかごも持っていくのかい？」

「え、ええ……」セレナはかごを離して、慌てて財布を取り出した。

「じゃ、これ」ジャスティンはさっさとかごの代金を老女に手渡した。紙幣は、あっという間に老女のごつごつした手の中に消えた。

「ありがとね。よい旅を」

「ちょっと、あの――」

セレナがしまいまでいわないうちに、彼女の体はかごを持ったジャスティンによって店の外に押し出されていた。

「この島の年寄りには逆らわないほうがいい」わざとらしくジャスティンがセレナに耳打ちした。「あとでのろいをかけられても知らないよ」

「ばかばかしい」とげとげしくいい返したものの、セレナはこわごわ老女のほうを振り返った。老女は、ロッキングチェアに揺られながら気持ちよさそうにパイプを吹かしていた。

「それから、ワンピースとかごのお金を返しておくわ」セレナはお金を数えながらいった。

「そんなのいいよ」

「どうして？　それに、母のかごの代金まで――」

「きみのお母さんに会う機会ができたら、そのときにお礼のキスでもしてもらうさ」

セレナは、ため息をついてサングラスをかけた。「あなたって、ほんとに強引な人ね」

「わかるかい？」ジャスティンはセレナのサングラスをずり下げて、おどけた表情で彼女の顔をのぞき込んだ。「ところで、おなかがすいたと思わないか？」

「ええ、まあ……」セレナは彼の笑顔につられて思わず笑みをこぼした。

ジャスティンはセレナの肩に手を回し、広場に向かって歩き始めた。「浜辺でピクニックというのはどう？」指先でセレナの二の腕をなでながらいった。

気持ちいいようなむずがゆいような奇妙な感覚。けれどもセレナは、ことさら涼しい顔で肩をすくめてみせた。「そりゃまあ、食べ物と冷たい飲み物と海岸までの足があるなら、それもいいと思うわよ」

セレナのからかうような口ぶりに、ジャスティンは自信ありげな含み笑いで応えた。ふたりは広場に出た。

「それで、そのほかに何か必要なものは？」足を止めて、ジャスティンがいった。

「ないと思うけど」

「よし。じゃ、行こう」ジャスティンはポケットからキーを取り出して、目の前に止めてあったベンツに近寄っていった。ドアを開けて、かごを後ろの座席に放《ほう》り込む。

「どういうこと？」セレナはとまどいがちに車に近づいていった。「それ、あなたの車なの？」

「いや、借りたのさ。トランクにはアイスボックスも入ってる。コールドチキンは嫌いかい？」

セレナはジャスティンに促されてトートバッグを渡すと、両手を腰に当ててため息をついた。「ジャスティン、あなたって人は――」トートバッグを車の中に入れている彼の背中に、セレナはあきれ顔で声をかけた。「最初からそのつもりでこんな準備をしていたのね」

「ちょっとかけをしてみただけのことさ」ジャスティンは再びセレナの前に立った。彼女の顔を両手で挟んで唇にキスをする。そして、彼女の瞳を見つめながら話を続けた。「ゲームを楽しむ感覚でね」

セレナはやっとの思いで冷静さを保ち、助手席に体を滑り込ませた。

「なんだか、いかさまに引っかかったような気分だわ」セレナは苦々しげにつぶやいた。

ジャスティンは明るく笑って助手席のドアを閉めた。

車はアーモンドの林を抜け、まだ青い実をたわわにつけているブドウ畑を横切って、海岸に向かって走っていった。道路の両側にはオレンジの花が咲き乱れ、開け放った窓からは潮の香りがかすかに漂ってくる。

「何を考えているんだい？」沈黙を破って、ジャスティンが口を開いた。出発してから、ふたりはひと言も口をきいていなかったのだ。

「別に何も……」ジャスティンのことを考えていたことなどおくびにも出さず、セレナはことさら何げないふうを装った。「それはそうと目的地はまだなの？　わたしもうおなかぺこぺこ」

ジャスティンはセレナのほうをちらっとうかがった。そして、車を路肩に寄せてブレーキを踏んだ。「ここら辺りでどう？」窓の外に視線を走らせながらたずねた。

セレナもその方角に顔を向けた。道路に沿って白い砂浜が延びていて、その向こうに海が青々と広がっている。

「最高だわ」セレナがサングラスを外して車を降り、両手を大きく広げて潮の香りを思い切り吸い込んだ。「実をいうとね」晴れ晴れとした表情でセレナが続ける。「この島で下船したことはめったになかったの。たいてい、いつも船室で本を読んだりデッキで日光浴をしていたから。考えてみれば、ずいぶんもったいないことをしたと思うわ」

「きみは船旅が好きで今の仕事を?」トランクからアイスボックスと毛布を取り出しながら、ジャスティンが声をかけた。

「確かにそれもあるわ。でも、ほんとは世の中のいろんな人に会ってみたかったからなの」セレナはサンダルを脱いではだしになった。ジャスティンのあとから砂浜のほうに歩いていく。「たとえば今の船の場合、乗員は交替要員を含めて全部で五百人もいるけど、アメリカ人はたったの十名しかいないわ。海に浮かぶちょっとした国際連合って感じでそれはおもしろいわよ」

浜辺に出ると、セレナはジャスティンが小わきに抱えていた毛布を抜き取って、手際よく砂浜の上に広げた。

「それに――」セレナは毛布の上に横座りになってしゃべり続けた。「カードのテーブルにやってくるお客さんが、これまた人間の万国博覧会って感じだし。なんだか、辞めるのが惜しくなっちゃうわ」

「辞める？」ジャスティンもセレナの隣に腰を下ろした。「つまり、今の仕事を？」

セレナはテニス帽を取ってブロンドの髪を両手でかき上げた。「ええ。そろそろ潮時だと思うし、実家で少し骨休めでもしようと思って」

「そのあとは？」

「カジノホテルなんか、どうかと思って……」セレナはしだいに小声になり、やがて下唇をかんで黙り込んだ。カジノホテルを経営してみたいという思いはまだ漠然とした夢みたいなものだったが、その思いを人前で初めて口にしてみて、彼女は自分の本当の望みがやっとわかったような気がした。

しかし、ジャスティンはセレナの沈黙の意味を完全に取り違えていた。「きみほどの腕があれば、カジノのディーラーの口なんていくらでもあると思うけどな」ジャスティンはひとり言のようにいって、何かがひらめいたように含み笑いを浮かべた。「それで、ご家族はどこに住んでるの？」

「え？　あっ、マサチューセッツよ」セレナはアイスボックスに視線を注いだ。「それより、早く食べない？」

ジャスティンはアイスボックスのふたを開けて、中からナプキンとフォーク類を取り出した。食器類にはセレブレーション号のロゴマークが付いている。

「まさか！」セレナは驚いた表情でジャスティンとアイスボックスの中味を見比べた。「船のコックに作らせたってわけ？　でも、こんなことはしてはいけないことになってるのよ」

「ちょっと袖《そで》の下を使ったのさ」ジャスティンはこともなげにいって、コールドチキンのスティックをセレナに差し出した。

「なんともあきれた人だわ」セレナはスティックを受け取ると、口を大きく開けてがぶりとかみついた。

「ワインもあるよ」ジャスティンはアイスボックスの中から魔法瓶とプラスチックのコップを取り出した。船のロゴマークがちゃんと付いている。「で、チキンのお味のほうはいかがですかな？」

「もちろんおいしいわ」

ジャスティンは今度は魔法瓶のワインをグラスについでセレナに手渡した。彼女はその芳醇《ほうじゅん》な濃い薔薇《ばら》色の液体をゆっくりと口に含んだ。

「もういうことなしって感じ」セレナはうっとりとグラスを見つめて、いたずらっぽくほほ笑んだ。「これでも、船の中ではなるべく飲まないようにしているのよ。きりがなくなるから」

「ここは陸《おか》の上なんだし、遠慮せずにじゃんじゃんやってくれ」ジャスティンはセレナのグラスにワインをつぎ足してチキンのスティックを手渡した。「こんなチャンスはもうないかもしれないよ」

「たぶん、ね」

セレナのつぶやきは波の音にかき消され、そのあとふたりは、しばらく黙って舌鼓を打っていた。

「だけど、意外と人が少ないな」ジャスティンがぽつりとつぶやいた。

「そうね」グラスを口に運びながら、セレナがうなずいた。「いよいよ夏も終わってしまうんだわ」

ジャスティンは海を見つめたままセレナの足に付いた砂を払ってやった。

「でも――」何ごともなかったかのように、セレナは話し続けた。「この島にもカジノがあるのに、どうしてそっちに行かなかったの？」

「どうしてかって？」ジャスティンはセレナの髪に指を差し込んだ。「それは、ゲームはカジノだけとは限らないからさ」

ジャスティンはゆっくりと顔を近づけ、セレナの唇に優しくキスをした。セレナが少しも抵抗しないとわかると、今度は彼女のうなじに手を当てて荒々しく唇を押しつけていった。

「僕がどれほどきみを欲しがっているか、わかるかい？」

ジャスティンのかすれ声に耳たぶをくすぐられ、しびれるような戦慄《せんりつ》が背すじを駆け抜けていく。彼はセレナを毛布の上に押し倒して、彼女の口に舌を滑り込ませた。セレナは抵抗したが、たちまちジャスティンのたくましい体にがっちりと押さえ込まれて、ほとんど身動きもできない。やがてセレナの体から力が抜けていき、彼女はむさぼるようにジャスティンのキスに応えていた。

二人の頭上をかもめが鳴きながら飛び交い、毛布の上では椰子の葉影が揺れ動いている。しかし、ふたりはそんなことには気づく気配もなく、夢中でお互いの体を探り合った。セレナの胸が大きく波打ち、太ももが小刻みに震え始めた。切れ切れにあえぎを漏らしながら体をくねらせる。ジャスティンの手のひらが、彼女の体の上をくまなくはい回る。

「船に戻ろうよ、セレナ」熱い吐息をつきながら、ジャスティンはセレナの耳もとでささやいた。「これからすぐ僕の船室に行こう。僕はきみが欲しいんだ」

セレナはまひしかかっている自分の理性を懸命に呼び覚まして、慌てて首を横に振った。ジャスティンが唇をのどもとに押しつける。

「だめよ、だめ」セレナはジャスティンの顔を押しのけて体を起こした。「あなたには、こんなことする権利はないはずだわ」

「こんなことって?」ジャスティンはセレナの顔を両手で挟んで瞳をのぞき込んだ。「きみを欲しがることかい? それとも、きみを欲しがる気持ちをきみに告白することかい？」

ジャスティンの目は、セレナがカジノで見たときとは別人のように、熱っぽく妖《あや》しく輝いている。

「どっちでも同じことだわ」セレナはジャスティンの手をじゃけんに払いのけた。「もし火遊びがしたいのならほかの人に当たってみたら？　あなたの腕しだいではうまくいくかもしれないわよ」

荒々しく立ち上がったセレナは大またに波打ち際のほうに歩き始めた。すぐに彼女はジャスティンに後ろから抱きすくめられ、再び彼と向かい合うはめになった。

「幸い人も少ないし、なんなら今すぐここできみを抱いてもいいんだよ」無表情にジャスティンがいった。

「本気なの？」セレナは顔をしかめてジャスティンを見つめた。この男ならやりかねないという不安がふと頭をもたげる。だが、セレナは、そんな不安を握りつぶして、きっぱりといい放った。「だったら試してみれば？　わたしはかまわないのよ」

「でもまあ、きょうのところはやめておくよ。楽しみはあとに取っておかないとね」

「口だけは達者なのね」セレナはジャスティンの手を払いのけ、あざけるような薄笑いを浮かべて再び水際に向かって歩き始めた。ジャスティンをやり込めたことにかすかな満足を覚えながら。

ところが、セレナの足が浅瀬にかかったちょうどそのとき、彼女はものすごい力でジャスティンに肩をつかまれていた。振り返ると、そこには怒りをあらわにした彼のグリーンの目があった。しかも、彼の唇は、怒りのためかひくひくと小刻みに震えていた。

ジャスティンはセレナを力任せに抱き締め、乱暴に唇を重ねた。それはもう愛撫《あいぶ》などというものではなく暴力以外の何ものでもなかった。セレナの全身に鳥肌が立ち、彼女は恐怖に顔をゆがめて必死に抵抗した。そのはずみでセレナがバランスを崩し、ふたりは浅瀬にしりもちをついた。

「なんてことするのよ！」セレナが叫んだ。恐れが急速に怒りに変わった。「この人でなし！　ずぶぬれになっちゃったじゃないの！」

しかし、ジャスティンは立ち上がろうとしたセレナの腕をつかんで、むりやり彼女を浅瀬の中に引き倒した。水しぶきが跳ね上がり、ふたりはびしょぬれになった。

「怒ったときのきみは、またいちだんときれいだね」ジャスティンは少しも悪びれることなく、愉快そうに笑い声さえ上げた。

「人をばかにするのもいいかげんにしてよ！」セレナは怒りにわなわなと体を震わせて、ジャスティンのほおに平手打ちを見舞った。が、彼女の手はすんでのところで空を切り、むなしく水面に水しぶきを上げただけだった。

ジャスティンの笑い声が大きくなり、セレナはあまりの悔しさに涙が出そうになった。

こんなに人からいいようにあしらわれたのは、生まれて初めてだった。

「何がおかしいの？」セレナは水滴をしたたらせながらよろよろと立ち上がり、ものすごい形相でジャスティンをにらみつけた。「覚えていらっしゃい。マクレガー家の人間をばかにするとどうなるか、必ず思い知らせてやるから」

するとどうしたことか、ジャスティンの笑い声がだんだん小さくなり、彼は浅瀬に座り込んだまま呆然《ぼうぜん》として彼女を見上げた。

「マクレガーだって」放心したようにジャスティンが問い返す。「つまり、きみはセレナ・マクレガーなのかい？」

セレナはマクレガーという名まえの威力がジャスティンにも通用したことが、ちょっと意外だった。しかし、ともあれ彼は明らかに動揺している。セレナはここぞとばかり、わざと尊大に構えてジャスティンを見下ろした。

「そうよ」セレナは勝ち誇ったようにいった。「ハイアニスポートのマクレガーよ。それが何か？」

まったく思いがけないことに、ジャスティンは腹を抱えてげらげら笑い始めた。そんな経験は初めてだったので、セレナは何がなんだかわからなくなった。

「何よ、何がおかしいっていうの？」

ジャスティンはそれには答えずに勢いよく立ち上がり、海水にぬれた髪をかき上げてセレナのほうに体を寄せていった。そして、うろたえている彼女の鼻の頭に軽くキスをして肩に手を回した。

「それよりも、早くぬれた服を乾かそう。このまま船に戻ったら笑われちゃうよ」

セレナはわけがわからないまま、ジャスティンといっしょに毛布のほうに引き揚げていった。

3

セレナ・マクレガー……。ジャスティンは心の中で彼女の名まえをつぶやいて、首を振り振りハンガーのシャツに手を伸ばした。船に戻ってくるまでの間どうにか冷静さを保っていられたことが、自分でも信じられなかった。なぜなら、セレナがマクレガーの娘だとわかったとき、彼は危うく声を上げそうになったほど驚いたのだから。

ジャスティンはハイアニスポートのマクレガー家の屋敷に頻繁に出入りしていたころのことを思い起こした。当時セレナはハイスクールの生徒で、彼女の話はダニエルやアンナから何度も聞かされていた。しかし、実際に顔を合わせたことは一度もなかったし、家族の者は皆彼女のことをレナと呼んでいたので、ジャスティンは今まで彼女の顔もほんとうの名まえも知らないでいたのだ。

それにしても彼女はなんだってまたディーラーなんかに？　ジャスティンはシャツのボタンを留めながらいぶかしげにまゆを寄せた。そして、知能指数の高いことで評判だったレナがブラックジャックのディーラーになっても不思議はない、とすぐに納得した。なにしろ、マクレガー家の人々は皆優秀とはいえ、そろいもそろって風変わりな人物ばかりなのだ。

ジャスティンが初めてダニエル・マクレガーに会ったのは二十五歳のときだった。それからもう十年が過ぎようとしている。そのころジャスティンはラスベガスの大通りにあった小さなホテルを買い取るために奔走していた。そのホテルをカジノ付きのホテルに改造する計画だった。当時ラスベガスにはカジノはたくさんあっても、カジノホテルはまだ数えるほどしかなかった。

だがジャスティンの情熱と確かな見通しにもかかわらず、多少の自己資金があるとはいえ当時はただのギャンブラーにすぎなかった彼の融資の依頼は、どの銀行でもまったく相手にされなかった。素性の知れない若造に大金は貸せないというわけだ。が、ジャスティンは少しもへこたれなかった。彼の体の中に流れているインディアンのコマンチ族の血は、彼に不屈の精神とあふれんばかりの闘志を授けていた。とはいうものの、たとえギャンブルの腕は超一流でも、ホテルを買収できるほどの資金の調達となるとなかなかうまくいかなかった。八方手を尽くしてもだめだった。そんなときだ。ジャスティンがダニエル・マクレガーという人物のことを耳にしたのは。

ダニエルは天才的な投資家としても、また富裕な資産家としてもつとに有名だった。スコットランド出身の変わり者との世評もあったが、ジャスティンは直感的にマクレガーなら話に乗ってくるかもしれないと思った。そして一面識もなかったダニエルのもとに一カ月間にわたって電話と手紙で面会の申し込みを続け、ついにハイアニスポートの屋敷で会えることになった。

ダニエルは変わった考えの持ち主で、オフィスと称するものはいっさい持っていなかった。その代わりに大西洋を見下ろす一等地に広大な土地を購入し、仕事場を兼ねた大邸宅を建てたのだが、その屋敷たるや、回廊や塔を備えたまるで城のような代物だった。

ジャスティンが通されたのは屋敷の塔の最上階にある広々とした書斎で、ダニエルはほとんどの仕事をその部屋で片づけるとのことだった。

「やあ、きみがブレード君か」ジャスティンが部屋に入っていくと、赤茶けた髪の大男がレリーフを施した巨大なアメリカ杉の机に向かったまま気さくに声をかけてきた。

「ええ」ジャスティンも気軽にあいさつを返した。「で、あなたがダニエル・マクレガーさん？」

「いかにも」ダニエルは口もとを大きくほころばせて机の前のひじ掛け椅子を指さした。

「ま、とにかく掛けたまえ」

ジャスティンはいわれたとおり椅子に座った。ダニエルはゆったりと構えて満足げにジャスティンの精悍《せいかん》な顔を見つめた。

「それできみはわたしから金を借りたいというわけだね?」ダニエルが先に口を開いた。

「というより、投資だとお考えください、マクレガーさん」ジャスティンは椅子の座り心地に感心しながら率直に答えた。「もちろん、有利な投資であることはこのわたしが保証いたします」

ダニエルはジャスティンの自信に満ちた態度に少し面くらったようすで、小さくうめいてがんじょうそうなあごをなで始めた。

「ふーむ」マクレガーはもう一度かすかなうめき声を上げて、ジャスティンをまじまじと見つめた。「して、その根拠は?」

ジャスティンはむっとした表情でブリーフケースの中から書類を取り出した。「わたしの資産やカジノホテルの経営に関する調査結果を持参しましたから、これを見ていただければ一目瞭然《いちもくりようぜん》だと思います」

そういってジャスティンが書類を差し出そうとすると、ダニエルはくすくす笑いながら手で制した。「それにしても」笑顔のままでダニエルがいった。「きみに大金を用立てて、わたしにどんなメリットがあるというのかね?」

「あなたの懐がますます暖かくなります」

ダニエルは今度は腹を抱えてげらげら笑いだし、しまいには目に涙さえ浮かべた。「きみは、実におもしろい男だ」肩で息をしながらダニエルが笑い混じりにいった。「しかしね、きみ、わたしの懐はもう十分暖かいんだよ」

「だからといって、もうかる話をみすみす見逃すのは愚か者のすることじゃありませんか？」ジャスティンはまばたき一つしないで、さらりといってのけた。

ダニエルの笑い声がぴたりとやみ、彼はゆっくりと椅子の背に体を預けた。

「確かにそのとおりだ」まじめな口調でダニエルが答えた。「で、そのホテルを買収するのに、あといくら必要なんだね？」

「三十五万ドルです」

ダニエルは無言のまま机の引き出しを開けた。そして、スコッチのボトルとトランプを取り出し、人なつっこい笑みを浮かべた。「ひとつポーカーでもやらんかね」

そのあとふたりは約一時間、ほとんど口もきかずにスタッドポーカーを楽しんだ。途中でだれかがドアをノックしたが、ダニエルの鶴《つる》の一声で引き下がり、静かな部屋の中にはウイスキーの香りとジャスティンのたばこの煙が漂い続けた。勝負は結局、ダニエルの五百ドルの負けだった。

「ところで、さっきの話だが」仕事の顔に戻ってダニエルがおもむろに口を開いた。「株式にしたほうがいいだろうね」

「いったいだれが株主になってくれるというんですか？」ジャスティンは灰皿でたばこをもみ消した。

「それはわたしに任せておきたまえ」ダニエルはライトブルーの目でジャスティンを見つめ、やや間を置いてから話を続けた。「資金はわたしが用意してあげるから、それで株券を発行しなさい。持ち分はきみが六十パーセントで、わたしが十パーセント。残りの三十パーセントは公募ということにすればいい。きみの事業にとってもそれが最良の手段だと思うが、どうだね？」

「確かに」

ダニエルの大笑いが室内に響きわたり、こうしてジャスティンは成功への第一歩を踏み出した。

彼は買収したホテルを〈コマンチ〉と改称し、ラスベガスでもトップクラスのカジノホテルにしたて上げた。タホ湖の近くにあった廃屋同然のホテルを買い取り、そこもカジノホテルとしてみごとに再生させた。そしてこの十年間で、ジャスティンはアメリカとヨーロッパにまたがって合計五軒のカジノホテルを経営するまでになった。

ハイアニスポートのマクレガー家の屋敷には、初めて足を踏み入れて以来、何度となく遊びに行っていた。マクレガー夫妻やその息子たちはジャスティンを家族の一員のようにもてなしてくれたし、彼のほうでも彼らを何度かホテルに招待したりした。だが、ダニエルが口ぐせのように自慢していた〝優秀で学問好きの賢い娘〟には、とうとう一度も会う機会がなかった。もっとも、その当時のジャスティンには、マクレガー家の娘などどうでもよかったのだが――。

「あのタヌキじじいめ」ジャスティンはいまいましそうにつぶやいて、ジャケットをハンガーから外した。なぜダニエルがわざわざチケットを送ってくれたのか、その理由がやっとわかった気がした。ダニエルはジャスティンをセレナに引き合わせるつもりだったのだ。ロマンティックなカリブの海で。

カジノ付きの客船に乗ったジャスティンがカジノに顔を出さないはずがない。たぶんダニエルはそう読んでいたのだろう。とすれば、ジャスティンはダニエルの読みどおりに行動して、ダニエルの期待どおりにセレナとかかわりを持ってしまったことになる。ジャスティンはまるでわなにはまったような気分だった。なぜなら、すでに彼はセレナにひどく興味をそそられていたから。

ジャスティンはクローゼットの扉を力任せに閉めて鏡の前に立った。思わずにやりとほくそえむ。ある考えがひらめいたのだ。これ以上セレナとかかわりを持たないようにして、今度ダニエルと会っても彼女のことはひと言も口にしなかったらどうだろう、と。

ダニエルがやきもきするようすが、ジャスティンには目に見えるようだった。が、薄笑いは長くは続かなかった。彼は鏡の中の盛装している自分をじっと見つめて顔をしかめた。

「これ以上セレナとかかわりを持たないだなんて、おまえは本気でいってるのか？」ひとり言のようにつぶやくと、ジャスティンは重い足取りでカジノに向かった。

ジャスティンがカジノに入ってみると、セレナは客のいないテーブルの後ろに立って、ダンディな男と愉快そうに話をしていた。男が時折セレナのほおに指をはわせると、セレナが上目づかいに男をたしなめている。その男が彼女の上司であることはジャスティンも知っていたが、ふたりのようすを見ているうちに、彼はしだいに嫉妬《しっと》にさいなまれ始めた。いつもはどんなときにも感情のバランスを保っていられるのに、ことセレナに関する限りジャスティンの感情は波にもまれる小船のように揺れ動いてしまう。ジャスティンはそれを自分でも認めざるをえなかった。彼は心の中でセレナの父親をのろいながら、ゆっくりと彼女に近づいていった。

「セレナ」ジャスティンが背後から声をかけると、セレナの肩がびくっと震えた。少なくとも彼にはそう見えた。セレナが振り向いた。

「今夜のきみの出番はもうないのかい？」

「まさか」セレナは明るい声で答えた。「今休憩から戻ってきたところよ。で、あなたはきのうの晩どこにいたの？　ここに姿を見せないから、海にでも落ちたのかと思っていたわ」

デールがあきれ顔でため息をついた。セレナは彼のほうに顔を戻した。

「デール、この方はジャスティン・ブレードさんといってね、ナッソーの浜辺でわたしが誘いに乗らなかったものだから、その腹いせにわたしを海に投げ込んでくださったのよ」

「なるほど」デールはにやにやと笑った。「それはさぞかし気分がすっきりしたことでしょうな」

「もう、デールったら！」セレナはデールのわき腹をひじでつついた。

「ところで、ブレードさん」デールがジャスティンに振り向いた。「船旅のほうはいかがですか？」

「楽しませてもらってますよ」ジャスティンはセレナを見つめながら答えた。「船上でも陸上でもね」

「じゃ、わたしはこれで失礼します。交替の時間ですから」セレナはことさらていねいな口調でいって、五番テーブルに歩いていった。

五番テーブルには三人の客が着いていた。ジャスティンが空いているスツールに腰を下ろした。セレナは彼のほうをちらっと見て、すぐにほかの客たちに笑顔を振りまいた。

「いらっしゃいませ。ようこそ、カジノへ」

鮮やかな手つきでセレナがカードを切ると、ゲームが開始された。セレナはジャスティンのことをなるべく気にしないようにして、淡々とカードを配っていった。ジャスティンは手持ちの二百ドル分のチップを目の前に置き、例のごとく表情一つ変えずにゲームに加わっている。しかも彼は、セレナがテーブルを替わるたびにまるで金魚のふんのように彼女のあとを追ってゲームに加わってきた。

こうして数時間が過ぎ、あと少しでカジノが閉まるというころ、セレナはふたりの客を相手にカードを配っていた。ほかのテーブルにも客は数えるほどしか残っていない。スロットマシーンの音もほとんど聞こえなくなり、静かなカジノ内には、たばこの煙が客たちの夢のなごりのように漂っていた。

セレナのテーブルの端のほうで、ゲームをやめた若いカップルがひそひそ声で次の寄港地プエルトリコの話を始めた。セレナはふと腕時計に目をやった。もう何十時間も立ち続けているような、そんな疲労感が重く体を包み込んでいた。目の前のふたりの客、ジャスティン・ブレードとデュワルター夫人に注意を向け直す。ジャスティンはたばこをくゆらせながら相変わらず落ち着き払っているが、船長と一等航海士が話題にしていた赤毛の夫人のほうは、ゲームなどそっちのけで隣のジャスティンばかり見つめている。大きなダイヤの指輪をきらきらさせながら。

「どうも、わたしはギャンブルには向いていないようだわ」勝負がついたとき、デュワルター夫人がため息混じりにいった。そして、チップが増える一方のジャスティンのほうを向いて、甘ったるい声で続けた。「あなたは相当お強そうですけれど、何か勝つ方法のようなものがおありですの?」

ジャスティンは自分の腕にそっと重ねられた夫人の手に目をやって、彼女に笑顔を向けた。

「別に」

「いいえ、きっと何か秘訣《ひけつ》があるに違いないわ」夫人はジャスティンのほうに体をすり寄せた。「もしよろしかったら、コニャックでも飲みながらお話を聞かせていただけませんか？」

「僕はゲームの途中では飲まないことにしているんです」ジャスティンは夫人とは反対の方向にたばこの煙を吐き出した。夫人が再び口を開きかけた。

「ゲームはお続けになりますか？」はた目にもはっきりわかるほどのとげとげしい口調で、セレナが夫人に声をかけた。

「今夜はこのくらいにしておくわ」デュワルター夫人はジャスティンの太ももをさっとなでて立ち上がった。そして、かろうじて残った数枚のチップをバッグにしまい込んで、ジャスティンに耳打ちした。「じゃ、わたしはバーでひとりで飲んでおりますから」そして夫人は、なまめかしい笑みを残してテーブルから離れた。

「これを現金に換えてくれるかい？」ジャスティンがいった。夫人の後ろ姿を目で追っていたセレナは、はっとして彼のほうに顔を向けた。

「かしこまりました」セレナは不きげんそうに答えてジャスティンのチップをかき集めた。彼のチップはいつのまにか七百五十ドルにもなっていた。ゲーム進行補佐のトニーが見当たらないので、セレナは自分でチップをキャッシャーに持っていった。

セレナがクリップボードを持ってテーブルに戻ってきたのは、それから数分後だった。クリップボードには白い伝票と手の切れるような札が挟んである。彼女は慣れた手つきで枚数を確認して、その札の束をジャスティンの目の前に置いた。

「まだつきに見放されていないようですわね」セレナは皮肉っぽい口調でいって、伝票を挟んだクリップボードをテーブルの引き出しにしまった。そしてカードを片づけ始めた。

「もうひと勝負、どうだい？」ジャスティンがセレナの手首をつかんでいった。

「だって、あなたはもうチップを現金に換えたんでしょう？」セレナは手首をよじった。が、ジャスティンはますます力を加えるばかりだ。

「ほんとうにまだつきがあるのかどうか、チップ以外のもので勝負してみたいんだ。きみと差しでね」

「残念ですが、そのようなゲームはしてはいけない規則になっていますの。じゃ、その手を放していただけます？　後片づけをしますので」

「なにも現金をかけようというんじゃない」ジャスティンはセレナの瞳を見つめた。「もし僕が勝ったら、デッキの散歩を付き合ってほしいだけさ」

「ばかばかしい」

「きみが負けるに決まっているから？」

セレナはかっとなってジャスティンの瞳を見返した。

「もしわたしが勝ったら――」ゆっくりと手首を引っ込めながら彼女がいった。「二度とわたしの前に姿を見せないでくれます?」

ジャスティンは思案顔でたばこに火をつけ、勢いよく煙を吐き出して小さくうなずいた。このような大勝負は久しぶりだった。「じゃ、配ってくれ」

セレナは入念にカードを切って、慎重に配った。ジャスティンの手もとには二と五のカードが並び、セレナの裏返したカードの上には十のカードが重なっている。ジャスティンがもう一枚カードを請求した。クイーンが出て、彼の手札の合計はこれで十七。絵札はすべて十点で計算する。

ジャスティンは長々とたばこの煙を吐きながら、真剣な顔でお互いのカードを見比べた。このままスタンドを宣言して勝負に出るか、それとも、もう一枚請求するか……。彼の第六感は、前者にしろとささやいた。が、セレナの顔をちらっとうかがったジャスティンは、そこに満足げな表情をはっきりと読み取り、彼女の裏返しのカードがかなりいいカードで、今の手札のままでは勝ち目がないと踏んだ。そして、刺すような視線をセレナの瞳に集中させながら、自信に満ちたしぐさでひとさし指を立ててカードを請求した。

「そんなばかな!」セレナは思わず声を上げた。なんとダイヤの四が出て、ジャスティンの手札の合計はぴったり二十一になってしまったのだ。

「いいこと、ジャスティン？」裏返しのカードを表にしながら、セレナがいまいましげにいった。「いつかきっと、あなたのその高慢ちきな鼻をへし折ってやるわ」

「期待してるよ」ジャスティンは彼女が表にしたカードを一瞥《いちべつ》した。それはハートのジャックだった。彼はゆっくりと立ち上がってズボンのポケットに両手を突っ込んだ。「じゃ、そこのドアの外で待ってる」

ポケットに両手を入れたまま、ジャスティンはカジノから出ていった。セレナはがっくりと肩を落として後片づけを始めた。

カジノから出たジャスティンはロビーの壁に寄りかかり、後片づけをしているセレナの姿をガラス越しに眺めた。セレナの落胆ぶりは遠目にもはっきりとわかった。けれども、ジャスティンは勝負に勝ったことをすなおに喜ぶ気になれなかった。四のカードが出たのは、幸運以外の何ものでもなかったから。

ジャスティンは、ポケットの中に一枚だけ残しておいたチップを指先でもてあそんだ。頭の中に暗雲が立ちこめる。確かに勝負の女神は彼にほほ笑んだが、ほんとうにそれが幸運といえるかどうか、自分でもわからなくなっていた。セレナにこれ以上深入りすれば、まさにダニエルの思うつぼだろうし、抜き差しならない状態に追い込まれてしまうに違いない。もちろん、ダニエルの意向にかまわずセレナと自由に付き合うことも可能だが、その可能性にかけるとなると相当な覚悟がいる。

ジャスティンは自嘲《じちょう》ぎみの笑みを浮かべて首を振った。ひとりの女のことでこれほど頭を悩ますなど、生まれて初めての経験だった。しかし彼の自嘲的な笑みは、いつのまにか何かを期待するような含み笑いに変わっていた。もしセレナが事の真相を知ったら、いったいどんな顔をするだろう。ジャスティンには、ハイアニスポートに戻ったセレナが父親にかみつくようすが目に見えるようだった。

そのセレナがカジノから出てくる。ジャスティンは笑顔で彼女を迎えた。真相の暴露は、とりあえず最後の切り札に取っておくことにした。

デッキに出ると、満月に近い月がこうこうと照っていて、暖かくて新鮮な潮風が吹き抜けていた。

「やはり、ここがいちばん落ち着くわ」鉄柵《てっさく》に背中を預けてセレナがひとり言のようにつぶやいた。

「どうして？」ジャスティンも鉄柵に背中をもたれて、セレナの肩に腕を回した。

「静かで、波の音しか聞こえないから。もし船室に窓があったら、ひと晩中開けておくのに」

「きみの船室には窓がないのかい？」ジャスティンはセレナの背中をリズミカルになで始めた。

「窓のある船室が使えるのは、お客さまと高級船員だけ」セレナは気持ちよさそうに心持ち体をのけぞらせた。まるで体中の疲れが彼の手のひらに吸い取られていくようだった。「でもね」夜空を仰ぎながらセレナが続ける。「わたしはこの一年間で、何ものにも代え難いものを発見したような気がするの。なんていうか第二の故郷《ふるさと》のような……」

「きみにとって家族はたいせつなものかい？」ダニエルの顔を思い浮かべながらジャスティンがきいた。

「もちろん」セレナはいぶかしげに彼を見た。なぜそんな質問をするのか、理解に苦しんだ。

ジャスティンがおもむろに顔を近づけてきたので、彼女はさりげなく彼の腕から逃れて、また鉄柵にもたれた。

「わたしの場合」鉄柵に両手を載せたまま、セレナがいった。「家族は、わたしの生活の中でいつも大きなウェートを占めていたわ。煩わしいと思うこともあったけど、なんだかんだいっても家族抜きには今の自分は考えられないもの。あなたはどうなの？」

セレナは小首をかしげて探るようなまなざしをジャスティンに向けた。カジノにいたときには後ろでまとめていたブロンドの髪が、今は風になびいて躍っている。

「僕の場合……」ジャスティンはためらいがちに話し始めた。「妹がひとりいる。ダイアナといって、十歳年下なんだけど、今は別々に暮らしているんだよ」

「ご両親は」

「僕が十六のときにふたりとも死んだ。それで妹が叔母の家に引き取られることになって……。それからもう二十年になろうとしているけど、あれ以来、僕は妹には一度も会っていない」

「どうして?」セレナは悲しそうな表情になった。

「叔母が僕を毛嫌いしていたからさ」ジャスティンが淡々とした口調で答えた。「顔を出さないほうがダイアナのためだと思ってね」

「でも、なぜ毛嫌いされていたの?」

「僕がギャンブルでめしを食っていたから」

セレナのほおがぱっと赤く染まった。彼女は体を起こしていらだたしげに口を開いた。

「だからといって、その叔母さんに遠慮して妹さんに会わないだなんて」

「なにしろ叔母は、ギャンブルなんて悪魔のやることだと固く信じているんだ。フランスのグランドー家の直系で、正確にいうと僕のおふくろとは異母姉妹に当たる」

セレナはジャスティンの説明がすぐにはのみ込めなかったので、まゆ根を寄せてきき返した。

「で、あなたのお母さまはブレード家に嫁がれたってわけね?」

「そうだよ」ジャスティンはセレナの瞳をじっと見つめた。「インディアンのコマンチ族にね」

セレナは思わず息をのみ、放心したようにジャスティンを見つめた。インディアンの血が流れていることをきっぱりと宣言した彼の態度は、彼女には驚き以外の何ものでもなかった。

「知らなかったわ……」やっとの思いでセレナが口を開いた。「でも、あなたの目の色は――」

「おふくろのほうからの遺伝だろう。おふくろの中には、コマンチ族のほかにフランス人とウェールズ人の血も混じっていたから。おやじのほうは純粋なコマンチだったらしいけど」

ジャスティンはセレナに近づき、彼女の蝶《ちょう》ネクタイをゆっくりとほどいていった。が、セレナは金縛りにあったように身動き一つしない。

「僕の家には、金髪の女性にまつわる妙な伝説があってね」ジャスティンが手を動かしながら続ける。「ある日ひとりの男が、小川のほとりでブロンドの女を見つけた。彼女は洗濯物のかごをわきに置いて、歌を歌いながら洗濯をしていた。男はコマンチの勇猛な戦士で、その土地を守るために彼女の仲間をおおぜい殺してきた。だけど、そのブロンドの女をひと目見たとたん、男は彼女が欲しくてたまらなくなったんだ」

ジャスティンはいったん口を閉じて、今度はセレナのブラウスのボタンを上から順に外しにかかった。が、それでも、セレナは微動だにしなかった。

「そして――」ジャスティンが再び口を開いた。「男は力ずくでその女をさらっていったのさ」

「なんて野蛮な」セレナはつばをごくっとのみ込んだ。のどもとがすーすーして、なんとなく落ち着かない気分だったが、彼女は完全にジャスティンの話のとりこになっていた。

「それから数日後、彼女は男の肩にナイフを突き立てた。逃げ出すために」ジャスティンは静かな口調で話を続けた。「ところが、男の体から血が流れ出るのを見て、彼女は逃げるのをやめてしまったんだ。そして、男のもとにとどまって彼の看病をして、やがてグリーンの目をした息子とブラウンの目をした娘を産んだというわけさ」

セレナは魅入られたようにジャスティンの瞳を見つめた。彼はなごやかにほほ笑んで、ゆっくりとうなずいた。

「男は妻となったその女性に〝黄金の輝き〟という名まえを付けて、妻をとても大切にしていた。ほかの女には目もくれなかった。だから――」ジャスティンはセレナに顔を近づけながら声を潜めた。「ブロンドの女性を見ると、僕も血が騒ぐのさ。自分のものにしたくて」

ジャスティンの唇がセレナの唇を覆い、彼の両手がセレナの髪の中に差し込まれた。セレナは自分でも気づかないうちに、ジャスティンの肩にしがみついて、熱烈なキスに激しく応《こた》えていた。まるで未知の暗闇《くらやみ》に舞い落ちていくような、めまいにも似た感覚が彼女の全身を包み込んだ。ジャスティンがブラウスの中に手を入れて素肌をまさぐり始める。と、彼女は無我夢中で彼の首に抱きついた。セレナの体を愛撫《あいぶ》するジャスティンの手つきは、情熱的で荒々しかった。しかも、そうするのが当然だといわんばかりに自信に満ちあふれていた。

ジャスティンはセレナの背中に両手を回して、彼女ののどもとに唇をはわせていった。しびれるような快感がセレナの体を突き抜け、彼女は耐え切れなくなってあえぎを漏らした。

「そろそろ中に入ろうか」ジャスティンがセレナの耳もとでささやいた。「霧雨が降ってきたようだし」

「え?」セレナはゆっくりと目を開けて、うつろな視線を辺りにさまよわせた。月明かりはすでになく、湿気を含んだ生暖かい風に吹かれて、パウダーのような雨滴が舞っている。やっと現実に戻ったセレナは、ばつが悪そうにジャスティンの体を押し戻した。が、ジャスティンは彼女の体から手を離そうとしない。

「放して……」セレナは弱々しい声でいった。「わたし、わたし……」

「寝る時間が来た?」ジャスティンはセレナの顔をのぞき込んだ。

「ええ……」セレナが伏し目がちに答えた。さながらおびえる子羊のように。

ジャスティンはセレナの意外な一面をまのあたりにして、おずおずと彼女の体から手を離した。そして両手をズボンのポケットに突っ込むと、ポケットの中のチップをもてあそびながら、心の中でダニエル・マクレガーに毒づいた。まったく、あんたも余計なことをしてくれたもんだ。いったいこのおれにどうしろっていうんだ！

「もう行っていいよ。おやすみ、セレナ」

セレナははっとして顔を上げた。もう一度力強く抱き締められたいという思いが、閃光《せんこう》のように脳裏をかすめた。彼女は大きく息をして、ブラウスの前をしっかりと合わせた。

「おやすみなさい」セレナのつぶやくような声が風に吹き消され、彼女の姿はまたたく間にデッキから消えた。

4

セレナは午後の日ざしをいっぱいに浴びながら、ビキニ姿でデッキチェアに腹ばいになった。デッキの船尾に近い所なので、期待どおり人影はまったくなく、のんびりと昼寝が楽しめそうだった。

船はプエルトリコ島のサンファンの港に停泊している。船客や乗員の大半は町に繰り出しているはずだ。けれども、セレナは朝早くデール・ジマーマンにたたき起こされ、半ば強制的にカジノの帳簿付けを手伝わされたので、完全に寝不足だった。とても観光どころではなかった。

真夜中にデッキでジャスティンと別れたあと、セレナは長い間ベッドの上でもんもんとしていた。考えまいと思っても、頭の中はジャスティン・ブレードのことでいっぱいだった。余熱のように続いている体のほてりを感じながら、セレナはなぜ彼とあんなふうになってしまったのか、その原因を懸命に探し求めた。しかし、そのかいもなく、疲労感に引きずられるようにいつしか眠りに落ち、その数時間後にデールに呼び起こされたのだった。

セレナは首の後ろで結ばれたビキニのひもを緩めて、うつぶせになった。グリーンの目を輝かせたジャスティンの顔が、また頭に浮かんでくる。彼女は気持ちを落ち着かせてジャスティン・ブレードという一つの〝問題〟を冷静に検討しようとした。自分がほんとうにマクレガー家の人間なら、それが不可能なはずがないと思った。というのも、彼女の父親のことばに従えば〝マクレガー家の人間は現状を冷静に分析する能力にたけている〟はずだったから。

しかし、セレナの優れた自信と頭脳をもってしても、ジャスティンが非常に危険な男であるということ以外何もわからないに等しかった。セレナはいらだたしげに自分の心に問いかけた。まさか、あなたは彼を好きになったわけじゃないでしょうね？

セレナの脳裏に、カジノで初めてジャスティンと出会ってからのことがまざまざとよみがえってきた。自分が彼に興味を抱いているという事実を認めないわけにはいかなかった。彼を好きになってしまったのかどうか、その結論はさておくとしても。

これから残りの五日間、わたしはどうすればいいのかしら。セレナはサングラスをかけてうとうとし始めた。心地よいまどろみの中で、一つの結論が頭をかすめた。どうするもこうするも、結局丁重にお相手するしかないみたいね、ひとりのお客さまとして……。そして、やがてセレナはすっかり寝入ってしまった。

鼻の上に蝶《ちょう》が留まっている。セレナはふとそう思った。が、それが現実なのか夢なのかはっきりしない。蝶は鼻から耳へと移動し、くすぐったいような気持ちいいような奇妙な感触が耳たぶをくすぐる。それから蝶は、セレナの口もとで薄い羽をひらひらさせた。すると驚いたことに、蝶はかすかにセレナの名を呼んだのだ。

不思議なことがあるものだわ。セレナはぼんやりした頭で、なぜ蝶がわたしの名まえを知っているのかしら、などとのんきに考えていた。あまりにも心地よいので、自分も蝶になったような気分で目を閉じたままでいた。

「セレナ……」今度はもっとはっきりした声で蝶が口をきいた。セレナははっとして目を開けた。するとそこには、蝶ではなくグリーンの二つの目があった。

「ジャスティン……」目をしばたたきながらセレナがつぶやいた。サングラスは鼻の先のほうにずり下がっている。

「そうだよ」

サングラスを外したセレナは、体を起こしかけて慌てて元の姿勢に戻った。ビキニのトップの肩ひもが完全に外れていた。

「あなた、ここで何をしているの?」セレナは内心どきどきしながらも、とがめるような口調できいた。

ジャスティンはローションの瓶を持ったままで、デッキチェアのすき間に腰を下ろした。

「これからきみの体に日焼け止めローションを塗るところさ」そしてジャスティンは返事も待たずに、セレナの背中にローションを塗り始めた。

「ちょっと、やめてよ！」ローションのひんやりした感触にセレナは思わず体をのけぞらせた。身をよじってジャスティンをにらみつける。「よけいなことしないで！」

「きみの体はほんとうに敏感なんだね」ジャスティンは平気な顔でローションを塗り続けた。「少し触っただけでもぴくっと反応するもの」

「ジャスティン」ビキニのトップが外れてしまわないように細心の注意を払いながら、セレナはローションの瓶を彼の手から取り上げようとした。が、ジャスティンはすばやく身をかわして、瓶を持ったままデッキチェアから離れていった。彼女はそのすきに水着を元に戻して体を起こした。「せっかく人がいい気持ちで昼寝を楽しんでいるのに、どうしてじゃまなんかするの？」セレナは顔をしかめていい放った。「だれかさんのおかげで寝不足になったから、わたしはカジノが開くまでゆっくり寝ていたいの！　おわかりいただけます？」

「僕はきみと話がしたいのさ」

「あのね、わたしは――」セレナはそこまでいって、口を半開きにしたまま呆然《ぼうぜん》とジャスティンを見つめた。黒いトランクスをはいただけの彼の体は、まるで豹《ひょう》みたいに躍動感に満ちあふれている。むだな肉がほとんどない日に焼けて引き締まった筋肉質の体は、まばゆいばかりに輝いている。

はっとしてわれに返ったセレナは、目を伏せてことばを続けた。

「あなたと話すことなんて、何もないわ」

セレナはサングラスをかけてデッキチェアに座り直した。ジャスティンは何事もなかったかのように彼女の隣に腰を下ろした。

「仕事の話なんだ」

「仕事の話?」セレナは体をずらして彼との間隔を少し広げた。「どっちにしたって同じことだわ。あなたの話なんか聞きたくないもの」

「もっと愛想よくしてくれたっていいだろう? 僕だって客のひとりなんだぜ」

「じゃ、話してみればいいでしょう?」突っけんどんにセレナがいい返す。「聞くだけは聞いてあげるわよ」

しかし、ジャスティンはすぐには話し始めないで、そっぽを向いているセレナの太ももにローションを塗り始めた。

「ジャスティン――」

「まあまあ」ジャスティンが笑ってごまかす。「きみの注意を、僕のほうに向けたかっただけなんだから」

「いいこと、ジャスティン?」セレナは脅すような口調で一語一語はっきりといった。

「これ以上わたしをばかにすると、ほんとにあなたの鼻をへし折るわよ」

「ぶっそうなことをいうなよ」ジャスティンはなだめるような口調でいい返した。「きみは腹を立てるといつもそうなのかい？」

「いつもなんてわけないでしょう？」

「それを聞いて安心した」

セレナは唖然《あぜん》としてジャスティンをまじまじと見つめた。彼は白い歯を見せてにこやかに笑っている。ふと、セレナの目に彼のわき腹の傷跡が飛び込んできた。彼女はサングラスをずらして、その傷跡に目を凝らした。ずいぶん昔の傷らしく、ぎざぎざの傷跡が白くへこんでいる。

「亭主持ちに手を出して、けがでもしたの？」傷跡に視線を注ぎながら、セレナはからかい半分にきいて、サングラスをかけ直した。

「ナイフで刺されたのさ」ジャスティンは淡々として答えた。

セレナの頭の中が一瞬真っ白になり、彼女はことばを忘れてジャスティンの顔を見つめた。彼の表情は不思議なほど穏やかだった。

「つまらないけんかをしちゃってね。かなり昔のことだけど……」

「知らなかったわ」セレナは胃の辺りに痛みを覚えながらやっとの思いで口を開いた。

「へんなことをきいてしまってごめんなさい」

「別に謝ることはないさ」ジャスティンは遠くを見つめるような目つきになった。

「いったい、何が……あったの？」セレナはためらいがちにたずねた。そして、またよけいなことをきいてしまったと、すぐに後悔した。

ジャスティンはしばらくセレナの顔をじっと見つめてから、おもむろにタオルで手をふき始めた。あの事件からすでに十七年が過ぎたが、当時の地獄のような毎日は今も記憶に生々しい。その思い出は、わき腹の傷跡と同じように一生消えないだろう。しかし、とジャスティンは思った。セレナにだけは話しておいたほうがいいかもしれないな。

「あれは十七年前のことだった」思い出をかみしめるように、ジャスティンは話し始めた。「ネバダ州東部のあるバーでビールを飲んでいた。すると、常連客のひとりがからんできたんだ。ここはインディアンなんかの来る所じゃないってね。そのとき僕はまだ十八で、なにしろ血気盛んな年ごろだったから、すぐに大立ち回りが始まっちゃって……」ジャスティンはいったん話をやめて、口もとに自嘲《じちょう》ぎみの薄笑いを浮かべた。

「で、その相手の人がナイフを？」セレナがひとり言のようにつぶやいた。

「ああ」ジャスティンは無意識のうちにわき腹の傷跡に手を当てていた。その癖は、数年前に直したはずだったのに。「その男はひどく酔っていて、ナイフを取り出したときも、自分が何をしようとしているのかわかっていないみたいだった。そして、かっとなったはずみにナイフを僕の腹に突き立てた」

「そんな！」セレナは顔をゆがめて反射的にジャスティンの手を握りしめた。「だれも止めてくれなかったの？」

ジャスティンは苦笑した。セレナの質問は、いかにも恵まれた環境で何不自由なく育ったお嬢さんならではのものに思えた。

「世の中というのはそうしたものさ」ジャスティンはあっさりと答えた。

「だって、その人はナイフを出したのよ。すぐ警察に知らせるなり、止めるなり、何かするのが当然じゃないの」

「その必要はなかった」ジャスティンは穏やかだがはっきりとした声で答えた。「その男を、僕は殺してしまったんだ」

セレナの顔から血の気が引き、彼女はしがみつかんばかりにジャスティンの手を握り直した。

「でも……」セレナが震える声でいった。「それは正当防衛だと思うわ」

ジャスティンは何もいわずに黙りこくっていた。自分を信頼してくれる人間に、初めて出会った気がした。病院で寝ていたとき、殺人容疑で逮捕されたとき、収監されて裁判を待っているとき、彼はセレナのように率直に意見をいってくれる人間を心から求めていた。しかし、そんな人はひとりもいなかったし、絶望感に打ちひしがれた恐ろしくつらい日々が、いつまでも続いただけだった……。

セレナのことばを聞いて、ジャスティンは心の中で冷たく凍りついていたものが急速に解け始めたような気がした。

「刺されたあと、僕は必死になってナイフをもぎ取ろうとした。もみ合っているうちに、ふたりとも床に倒れた。だけど、覚えているのはそこまでで、気がついたときには病院のベッドにいた。そして、第二級殺人で逮捕された」ジャスティンは一気に話し終えた。

「そんなの不当だわ」セレナが興奮ぎみに語気を強めた。「どう考えても、明らかに正当防衛じゃないの」

「だけど、それがなかなか認めてもらえなかったのさ」ジャスティンは弱々しくほほ笑んだ。冷たい独房内のようすや裁判の光景が、まるできのうのことのように思い出された。

「もっとも、結局は正当防衛が立証されて、無罪放免になったけどね」

「バーにいた人たちは、きっとだれも進んで証人になろうとはしなかったんでしょうね」

「たぶん。なにしろ僕はそこでは新顔だったからな」ジャスティンは、まるで他人事のような口ぶりでいった。「でもまあ、証言台に立たされればだれだってうそはつけないさ」

「でも、十八やそこらでそんな経験をするなんて、さぞつらかったでしょうね」セレナはしんみりとした口調でいった。

だが、ジャスティンはまゆを上げながら肩をすくめただけだった。

セレナは気分を変えるつもりでさらにいった。「だって、十八といえばまだ子どもでしょう？　父がよくいってたわ、男は三十になってやっとおとなの仲間入りができるって。ただ父の場合、日によってそれが四十になったりするけれど」

ジャスティンはダニエルの赤ら顔を思い浮かべて思わず白い歯をのぞかせた。いっそダニエルと自分の関係をセレナに話してしまおうかとも思ったが、それは思いとどまった。どう考えても今話してしまうのは得策ではなかった。

「実はこんな話をきみに聞かせたのにはわけがあるんだ」相変わらずのポーカーフェイスで、ジャスティンが口を開いた。「つまり、きみが僕の願いを受け入れた場合、きっとどこかで小耳に挟むだろうし、それならいっそのこと最初から知ってもらっておいたほうがショックも少ないだろう、とまあそう判断したからなのさ」

「あなたの願い？」セレナは用心深くきき返した。

「仕事のね」

「仕事？」セレナはおうむ返しにいって、ぷっと噴き出した。「まさか、この船でディーラーをやりたいなんていうんじゃないでしょうね、わたしの後がまとして」

「そんなんじゃないさ」ジャスティンはセレナの体に視線をはわせた。「だけど、そんな細いひもでよくだいじょうぶだね。切れたりしないのかい？」

セレナは反射的にビキニの肩ひもに手をかけて、軽く引っ張ってみせた。「だいじょうぶに決まってるでしょ。そんなことより、話をはぐらかさないでちゃんと話してよ」

「わかった」ジャスティンは真顔になってセレナを見つめた。「僕はきみの働きぶりは十分に観察させてもらったつもりだ。きみは客の心理を読むのが実にうまいし、応対のしかたも申し分ないと思う。特に、相手のレベルに合わせて適当に遊ばせてあげるところなんか、ディーラー歴がたった一年だなんてとても信じられないほどだ。しかも、きみはすでに独自のスタイルを持っている」

ジャスティンが何をいわんとしているのかセレナにはよくわからなかったが、悪い気はしなかった。ただ、このあとどのような話が出てくるのか見当がつかないので、彼女は油断しないように気持ちを引き締めた。

「で?」セレナはわざとそっけなく話の続きを促した。

「で、僕はきみのような才能豊かな人を生かす方法を知っている」ジャスティンは相変わらず事務的な口調で続けた。

セレナは、サングラス越しにジャスティンの瞳をまじまじと見つめて、冷たく問い返した。「どんな方法を知ってるというの?」

「アトランティックシティの僕のカジノで働いてもらうのさ」

セレナは驚いて目をまるくした。「あなたのカジノですって?」

「そうだよ」してやったりという顔つきで、ジャスティンがうなずいた。

セレナはいぶかしげな目つきでジャスティンを見つめていたが、やがて何かを思い出し

「僕の目で応《こた》えた。彼女は足もとを見つめながら、ひとり言のように続けた。「確か、ラスベガスの大通りにもあるわよね。それとタホ湖の近くにも」

　ジャスティンが黙ったままなので、セレナはうなだれたまま目を閉じた。意外だった。せいぜい腕のいいギャンブラーくらいにしか思っていなかったジャスティンが、まさか有名なカジノホテルの経営者だったとは！

「実は――」セレナの横顔を満足げに見つめながら、ジャスティンが口を開いた。「この船旅に参加する直前にね、マネージャーを首にしたんだ」

　セレナは目を開けて、ゆっくりと顔を彼のほうに向けた。「帳簿をごまかしたの？」

「正確には、ごまかそうとしたってところかな」ジャスティンはにやりと笑った。「僕の目をごまかせるはずがないのにね」

「でしょうね」セレナはデッキチェアの上に足を上げてひざを抱きかかえた。「でも、どうしてわたしを雇いたいの？」

　正直なところ、それはジャスティンにもよくわからなかった。かといって、気まぐれや酔狂でいい出したわけでもない。はっきりしているのは、セレナをいつも身近に感じていたいという、実に単純な願望だけだった。

だが、ジャスティンは何食わぬ顔でいった。「理由はもう話したはずだよ」

「もしあなたがホテルを三つ持ってる――」

「五つだ」

「そうなの」セレナは別に驚きもせず、軽く受け流して先を急いだ。「ともかく、あなたが五つもホテルを持ってるのなら、たぶんあなたは有能な実業家で、安易に決定を下したりする人じゃないと思うし、わざわざこんなことをいう必要もないでしょうけど、ホテルのカジノは船のカジノとはわけが違うのよ。お客さんの数だって、動くお金だって、けた外れのはずだわ」

「もちろんだよ」ジャスティンは満足そうにうなずいた。

「だから、自信がなければ無理にとは――」

「だれが自信がないなんていった？」セレナはかみつかんばかりの勢いでジャスティンを遮った。やや間を置いてから、皮肉たっぷりに続ける。「あなたって、人を乗せるのがほんとにおじょうずね」

「ひとつ本気で考えてみてくれないか？」セレナの肩に腕を回しながらジャスティンが穏やかな声でいった。「この船のカジノを辞めたあとどうするか、まだ決めてないんだろう？」

セレナは思案顔で黙り込んだ。確かにジャスティンのいうとおりだった。今はカジノホテルの経営という夢を漠然と心に抱いているだけだ。

「そうね、よく考えてみるわ」セレナはゆっくりと答えた。自分のカジノホテルを持つ前に他人の所で勉強するのも悪くないかもねと思いながら。

「で、返事はいつごろ聞かせてもらえるのかな？」

「二、三日中に」

「けっこう。考えるべきときにじっくり考えるのが、成功の秘訣《ひけつ》だからね。そして、決断を下したら迷わず行動に移すこと」

「わかったわ」

ジャスティンの指がセレナの素肌を優しくなでていた。セレナは彼の愛撫から逃れるようにして、ローションの瓶とタオルを持ってデッキを離れた。体の中が熱く燃え始めないうちに。


ベルが鳴りだしたとき、船室の中は真っ暗だった。セレナはもうろうとした頭で目覚まし時計に手を伸ばしボタンを押した。だが、ベルはまだ鳴りやまない。いらだたしげに時計を押しやり、電話を引っぱたいた。受話器が勢いよく飛んできてこめかみに当たると、セレナは悪態をつきながらそれをつかんだ。

「おはよう、レナ！」耳に、われ鐘のような声が飛び込んできた。セレナは受話器をあごで挟んだ。

「パパ……」眠そうな声でセレナが答えた。

「カリブ海の船旅はどうだい？」

「え、ええ……」セレナはあくびをかみ殺しながらあやふやな返事をした。

「どうした、まだ寝ていたのか？」

「ええ、まあ……」彼女は目覚まし時計を手に取って、蛍光塗料の塗ってある文字盤に目を凝らした。「パパ、まだ六時じゃないの」

「優秀な船乗りというのは、みんな早起きだぞ」

「だって……。じゃ、おやすみ、パパ」

「ちょっと待った。実は母さんがな、おまえがいつ帰ってくるかって、やきもきしているんだよ」

頭はまだ半分眠っていたが、セレナは父親のうそをすぐに見抜いてにやにやした。のんきな母親が、そんなことでいちいち気をもむはずがなかった。やきもきしているとすれば、それは電話をかけてきた張本人以外に考えられない。

「この前にもいったように、土曜日の午後にはマイアミに戻ってるわ。だから、そっちに着くのは日曜日ね。ブラスバンドでも頼むつもり？」

「まさか！」

「なら、パパがバグパイプを吹きながら出迎えてくれるの？」

「減らず口をたたきおって」

セレナはくすくす笑った。「ところで、ママは元気？」

「ああ。けさは手術があるとかで、もう病院に行ったよ」

「アラン兄さんやケイン兄さんは？」

ダニエルは鼻を鳴らして、ぐちっぽい口調で話し始めた。「まったくどいつもこいつも親不孝者ばかりで、わたしは悲しいよ。親の気持ちも知らないで、好きかってなことばかりしおって。いつになったら孫が抱けるようになるのやら」

「そうね」セレナは他人事のように相づちを打った。

「せめてアランが、ジャドソンの娘と結婚する気になってくれたらな……」

「あのアヒルみたいな歩きかたをする人？」気のない口ぶりでセレナが混ぜっ返した。

「アラン兄さんのことだから、お嫁さんくらい自分で見つけてくるわよ」

「どうだか！」ダニエルはいまいましげにいった。「ケインのやつは、いまだに学生気分でばか騒ぎばかりしておるし、おまえはおまえで、船乗りのまねごと――」

「あら、ずいぶんじゃない？」

「いや、その、孫を楽しみにしている母さんがあまりにかわいそうでな」

「パパはぐちを聞かせるためにわざわざわたしを六時に起こしたの？」

「そうじゃないさ。わたしはただ――」

「わかったわ、パパ」このままでは話が長くなりそうなので、セレナは愛想のいい口調で父親をまるめ込もうとした。「じゃ、今度は当分そっちにいるつもりだから、日曜日からいくらでも話を聞かせてもらうわ」

「調子のいいことをいいおって」不きげんそうにダニエルがいった。「わたしは子どもたちの教育をまちがったかな？」

「そんなことないわ。パパはまちがっていないし、それにとってもすてきよ」セレナは愛情のこもった声で父親をなだめた。「だから、いわれたとおりパパの大好きなスコッチを一ケースお土産《みやげ》に買って帰るつもりでいるのよ」

「ほう」ダニエルは少しきげんを直したようだった。「ところで、レナ。そちらのようすはどうだい？」

「いうことなしって感じ。みんなよくしてくれるし、辞めるのが惜しいほどだわ」

「お客のほうはどうだ？　歯ごたえのあるギャンブラーはいるかい？」

「ええ、まあね」セレナはジャスティンを思い浮かべながらことばを濁した。だが、父親も彼女と同じくジャスティンを思い浮かべていようとは、もちろん知るよしもなかった。

「腕の立つギャンブラーというのは、えてして頭がよくて顔もいいときているから、ひと目ぼれしてしまったんじゃないのか？」

「パパったら、まるでそれを期待してるみたいね」

「そんなことはないが、あっても不思議はないと思って……」

「ないわ」セレナはきっぱりといい切った。「じゃ、そろそろ切るわよ。もうひと眠りしたいから。灰皿は忘れずにちゃんときれいにしておくのよ。今吸っているんでしょう？　ママがいないのをいいことに」ダニエルのせき込む音が聞こえてくる。セレナはくすくす笑いながら話を切り上げた。「日曜日に戻ってもママにはないしょにしといてあげるから安心して。じゃあね」

受話器を置いたあと、ダニエル・マクレガーは短くなった葉巻をくゆらせながら、ぼんやりと灰皿を見つめていた。娘の口からジャスティン・ブレードの名が一度も出てこなかったのは、まったく意外だった。

いったい、どうなっているんだ？　ダニエルは灰皿で葉巻をもみ消して、書斎の中を熊《くま》のようにうろつき始めた。ラベンダーの瞳をした黒い髪の孫の姿を頭に思い描きながら。

5

自分には関係のないことだと思っても、セレナはジャスティンのことが気になってしかたなかった。サンファンに停泊中に昼間のデッキで顔を合わせて以来、まる二日間というもの彼女はジャスティンの顔を見ていない。カジノには姿を見せないし、デッキをうろついているようすもなかった。

ジャスティンはいったい何をしているのかしら。セレナは外出の準備を調えながら、あれこれ考えてみた。ラウンジで油を売るようなタイプではないし、かといって一日中バーに座っているような大酒飲みでもなさそうだ。ひょっとして、ジャスティンはわざと姿を隠しているのでは？　セレナは急にばかばかしくなってきた。彼がどこで何をしていようと、そんなことはどうでもよくなった。仮に、あのデュワルター夫人と仲よくなって船室でいちゃついていようとも。

身じたくをすませたセレナは、鏡の前に立ってせかせかと髪をとかし始めた。ジャスティンがいたらいたでそわそわしてしまうし、いなかったらいなかったで、やはり落ち着かない。まったく、わたしはどうしちゃったの？　セレナはいらだたしげにブラシを化粧台に戻して、サンダルを持ってベッドに腰を下ろした。

　船は最後の寄港地、バージン諸島のセント・トーマス島に停泊していた。セレナは最後の自由時間を思い切り楽しむつもりだった。セント・トーマス島を出発すると、あとはマイアミに戻るまでずっと海の上だし、一日十六時間という過酷なディーラー稼業が待っているのだ。

　それにしても、とセレナは思った。わたしの鼻先においしい話をぶら下げておいて本人は姿を消してしまうなんて、実にうまいやりかただわ。きっと、わたしに揺さぶりをかけて話を有利に持っていく腹なんだわ。その手に乗せられてたまるもんですか！

　セレナはサンダルを履き終えると、勢いよく立ち上がった。ドアにノックの音がしたのは、ちょうどそのときだった。

「どうぞ。開いてるわよ」セレナはいつもの調子で答えた。ドアが開き、戸口に人影が現れた。だが、それは仕事仲間でなく、今彼女がいちばん会いたくない男の影だった。

　ところが、ジャスティンがにっこりほほ笑んだとたん、セレナの気持ちはみごとにくるりと半回転してしまった。自分がどれだけ彼に会いたがっていたか、彼女はいやというほど思い知らされたのだ。

「おはよう」ジャスティンがにこにこしながら先に声をかけた。

「お客さんは立ち入り禁止のはずよ。どうやってここまで来たの?」セレナは取り澄ました顔でいった。だが、彼女の心はあいさつを返し忘れたことに気づかないほど激しく揺れ動いていた。

「まあまあ」ジャスティンは軽くいなして、無遠慮に船室の中を見回した。

白い壁に囲まれた殺風景な小部屋。あるものといえば、造り付けの小さなベッドと子どものおもちゃに毛の生えたような化粧台、それに電話くらいのものだ。化粧台の上に置いてある貝殻の入ったダークグリーンのガラスつぼと、壁に掛かっているヨットの絵が、なんとも奇妙なアクセントを添えている。そして、部屋の隅にはクローゼット代わりの空間がしつらえてあり、そこには衣類が雑然とぶら下げてあった。

「なかなか機能的な部屋だね」ジャスティンはセレナに視線を戻していった。

「そんなことより、早く出てってくれない?」セレナの表情は硬かった。「人に見られたら困るじゃないの」

「だけど、すぐ出かけるんだろう?」ジャスティンはかまわず中に入って、ドアを閉めた。

セレナは再びベッドに腰を下ろした。立ったままでは、どうしても彼と体が触れ合ってしまう。

「いい絵だ……」ヨットの絵を見つめながら、ジャスティンがつぶやいた。

「ジャスティン」セレナは困惑顔でジャスティンを見上げた。「あなたのいったとおり、わたしはこれから出かけるところなの。悪いけど、あなたの相手はしていられないわ」

「うん」ジャスティンは気のない返事をして、セレナの隣に腰掛けた。「ずいぶん硬いベッドだなあ」

「このくらいのほうが体にいいのよ」前を見つめたままでセレナがいった。

「これは、きみが？」

セレナが顔を向けると、ジャスティンは彼女がいつも着ている薄いミニのネグリジェを手に持っていた。

「触らないで！」セレナはネグリジェを取り戻そうとして身を乗り出した。が、ジャスティンが体をすばやく後ろに引いたので、彼女は勢い余って床にひざをついてしまった。

「こういうのを着てひとりで寝る女性、僕は好きだな」ネグリジェを元に戻しながら、ジャスティンがいった。「精神的な自立を感じさせるもの」

セレナは顔をしかめて彼を見上げた。「それ、おせじ？」

「さあ、どうかな？」ジャスティンは前かがみになって、セレナの髪を指でなでた。「ところで、元気だったかい？」

セレナはため息をついてベッドに座り直した。「あなたのほうこそ、どうだったの？　カジノにも姿を見せないで」

「船旅の楽しみは、なにもカジノだけとは限らないさ」

「でしょうね」セレナは冷ややかな口調でいった。「デュワルター夫人もいることだし」

「何夫人だって？」

セレナはすっと立ち上がってトートバッグを捜し始めた。「大きなダイヤの指輪をはめた、スタイルのいい赤毛のご婦人のことよ」

「ああ！」ジャスティンは声を上げて彼女を見上げた。不思議そうにまゆ根を寄せる。

「捜し物？」

「ええ」

セレナのとげとげしい返事にジャスティンが唖然《あぜん》としていると、彼女は床に腹ばいになってベッドの下を物色し始めた。

「手伝おうか？」

「いえ、けっこう！」セレナの声に続いて、彼女の頭が寝台の底にぶつかる音が聞こえてくる。ややあって彼女は荷物の入ったトートバッグを引きずりながら、後ろ向きにベッドの下からはい出してきた。

ジャスティンは床にひざまずいて、顔にかかっているセレナの髪を優しくかき上げてやった。

「ジャスティン……」床の上に座り込んだまま、セレナがためらいがちにつぶやいた。

「こんなこと、ほんとうはいいたくないけど……」

「ん？」ジャスティンはセレナの顔をのぞき込んだ。「さあ、遠慮せずにいってごらん」

「寂しかったわ」

ジャスティンは驚いてセレナを見つめた。ひと言もしゃべらない。

「だから、こんなことはいいたくなかったっていったでしょ！」セレナは腹立たしげに立ち上がった。と、ジャスティンに腕をつかまれ、彼女の体はまたたく間に引き倒されてしまった。

ジャスティンはセレナを組み伏せて荒々しく息をした。彼女のふと漏らしたたったひと言が、彼がかつて経験したことがないほどの興奮を呼び起こしていた。

「セレナ」彼女のほおをなでながら、ジャスティンはしわがれ声でいった。「僕とふたりきりのときに、そのことばを口にするのは危険だよ」

セレナはおそるおそるジャスティンの手を取って、ゆっくりとほおから離していった。

「わたしだって、初めはそんなことというつもりじゃなかったのよ」セレナの目はおびえたように鈍く光っていた。「どうしてだか、自分でもよくわからないの」

「どうも、僕たちは行くところまで行く必要がありそうだな」

セレナは力任せにジャスティンを押しのけた。彼がおとなしく体をずらすと、セレナは大慌てで立ち上がった。

「これから海岸でひと泳ぎして、そのあと町に出ようと思うの」床の上のトートバッグを拾いながらセレナがいった。「もしよかったら、いっしょに来る？」

ジャスティンがおもむろに立ち上がると、セレナはそのとき初めて、まるで閉所恐怖症にかかったように船室の狭さを痛切に実感した。目と鼻の先の彼の吐息が額に吹きかかる。

「休戦かい？」ジャスティンが顔を近づけてささやいた。

「そんなんじゃないわ」セレナは勇気を出して彼の瞳を見つめた。「いっしょに来る気があるかないか、きいてるだけだわ」

「もちろん、あるさ」ジャスティンは両手をセレナの腰に回した。とっさに彼女がトートバッグをふたりの間に割り込ませた。その袋の中には水中めがねやシュノーケルも入っている。「なかなかいい感触だ」

「おとなしくついてくる気がないのなら、遠慮してもらうわよ」

一瞬ためらったあと、ジャスティンはおとなしく両手を離して肩をすくめた。「じゃ、行こうか」

セレナはドアを開けて彼のほうを振り返った。「シュノーケル、使ったことある？」

「ああ、プールでね」

「いっとくけど、天然のプールは塩辛いわよ」セレナはくすくす笑いながらジャスティンの手を取った。

セレナのぬれた体がきらきら輝いている。彼女は砂浜に広げた毛布の上に座ると、足を投げ出して満足そうに息を吐いた。周りを緑の山に囲まれた入り江の浜辺。雲一つない青空には、カリブの太陽がぎらぎらと照り輝いている。

「わたしは子どものころから海賊の話に目がなかったの」青い海原に目を凝らしながらセレナがいった。どくろの旗を掲げた海賊船が目に浮かぶようだった。彼女はジャスティンにほほ笑みかけた。「三百年前、この辺りはどんなふうだったと思う?」

ジャスティンは海水をしたたらせながら彼女の隣に体を横たえた。

「海賊がうようよしていたほかは、今とたいして変わりなかったんじゃないかな」波打ち際をあごでしゃくって彼が答えた。観光客や地元の子どもたちが水しぶきを上げながら波と戯れている。「もっとも、そのころは環境破壊の心配なんて皆無だったろうけどね」

セレナはくすくす笑って空を仰いだ。「たとえあったとしても、海賊なら平気だったでしょうね。彼らは穴場を見つけるのがじょうずだったから」

「まるで海賊を崇拝しているような口ぶりだね」

「だって、ロマンがあるもの」セレナは上体を後ろに倒してひじを立てた。「それにわたし、自分の原理に基づいて自由に行動する人って、どうしてもあこがれちゃうの」

「どんな悪党でも?」

「不粋な人ね」セレナは再び青空に顔を向けた。「あーあ、タイムマシンがほんとにあったら、三百年前に戻ってみるのになあ」

ジャスティンは毛布の上のくしを手に取って、彼女のブロンドの髪をとかし始めた。

「ほかにどんな時代に行ってみたい？」

「アーサー王の時代のイギリス、プラトンのギリシャ、シーザーのローマ」セレナはひと息ついて、うっとりと目を閉じた。

くしを動かすジャスティンの手つきは、あくまでも優しかった。

「行ってみたい所はほかにもたくさんあるけど」目をつむったままセレナが続ける。「十八世紀のスコットランドに寄って、一度ご先祖さまにあいさつしておきたいわ。じゃないと、うちの父がむくれるから。開拓時代の西部にも行ってみたいな。オレゴン行きの幌馬《ほろば》車《しゃ》なんかに乗って」セレナは含み笑いを浮かべて、そっとジャスティンのほうをうかがった。「でもへたをすると、あなたのご先祖さまに頭の皮をはがされてしまうかもね」

「たとえそうなったとしても――」ジャスティンはくしを置いて彼女の頭をさすった。「家宝として大切にすると思うよ、僕のご先祖さまなら」

セレナは不快そうにかすかに顔をゆがめた。気を取り直して明るくたずねる。「で、あなたはどんな時代に行ってみたい？」

ジャスティンはしばらく彼女の顔を見つめてから、おもむろに口を開いた。「僕はきみが乗っている幌馬車を襲ってみたいな」

「なるほど」セレナは再び海を眺めた。大学時代に読みかじった西部開拓史の数々の史実が、記憶によみがえってくる。「あなたなら、きっとそうするでしょうね。自分たちの土地を守るために、進んで開拓者たちと戦うでしょうね。でも、あなたなんかどう？　自分たちはだまされ続けてきたと思ったことがない？」

「ないな」ジャスティンはきっぱりと答えた。「僕は先祖代々の財産の相続なんて、考えたこともない。戦うとすれば、自分の財産を作るためだろうね」

実感のこもったジャスティンの話に、セレナは納得したようにうなずいた。そして、しみじみと話し始めた。「マクレガー家の場合は、迫害を受けてスコットランドを追い出されたの。もしわたしがその時代に生きていたら、きっと剣を取って戦ったと思うわ。一族のためにね」

セレナは話をやめて急に笑いだした。「いやだわ、父の口ぐせが移っちゃったみたい。なにせ、小さいころから耳にタコができるくらい聞かされてきたもので」

このとき三歳くらいの砂まみれの女の子が、よちよち歩きでセレナに近づいてきた。無邪気に笑い声をあげながらセレナの首に抱きつく。

「こんにちは！」セレナは満面に笑みをたたえて女の子を抱き止めた。「ここでひと休みなの？　お嬢ちゃん」

女の子はセレナの髪に手を伸ばして、うれしそうに声をあげた。「きれい、きれい」

「なかなか頭のいい子だわ」セレナは女の子の肩越しにジャスティンにほほ笑みかけた。

すると驚いたことに、彼はその子を両手で軽々と抱き上げて、自分の前に立たせた。

「きみも美人だよ」女の子の愛らしい鼻先を指でついてジャスティンがいった。女の子はかん高い声で笑って彼のほおにキスをした。

セレナは目を白黒させながらジャスティンのようすを眺めていた。彼がこれほど自然に子どもの相手ができるなんて、思ってもみなかった。

「ロージー！」突然女性の金切り声が響いた。見ると、黒いワンピースの水着を着た婦人が、プラスチックのシャベルとバケツを持って必死で駆けてくる。「どうも、すみません」婦人はほおを赤らめていった。「ちょっと目を離すと、すぐこれですから」

「きれい、きれい」女の子はジャスティンのほおをなでながらすっかりはしゃいでいる。

「ロージー、いけません！」母親は娘をジャスティンからむりやり引き離した。「ほんとうにすみませんでした」

「もうひとりでお散歩したらだめよ、ロージー」女の子の茶色の髪をなでながらセレナがほほ笑んでいった。母親を見上げて、同情するように続ける。「たいへんですわね」

「くたくたですわ」婦人は大きくため息をついた。「ご迷惑をおかけして、ほんとうに――」

「別になんでもありませんよ」ジャスティンはロージーの顔についている砂を優しく払い

落としてやった。「それにしても、かわいいお子さんだ」

母親はやっと緊張が解けたらしく、娘の手を握って笑顔でいった。「おたくはお子さんまだですの？」

「それがまだなんです」何食わぬ顔でジャスティンが答えると、セレナは唖然《あぜん》として彼の横顔を見つめた。

母親は満足そうに娘を抱き寄せ、輝くような笑顔をジャスティンに向けた。「けっこう手がかかりますけど、子どもってほんとうにいいものですよ。でも、二歳のこの子が見知らぬ方に歓迎されたなんて、初めてですわ。ありがとうございました。じゃ、わたしたちはこれで。ロージー、さようならは？」

「バーイ！」母親に肩を抱かれたロージーはぽちゃっとした小さな手を振ってみせた。ロージーと母親が楽しそうに去っていく。セレナはふたりの後ろ姿をしばらく黙って眺めていた。

「ところで、ジャスティン」セレナはロージーにつけられた砂を払い落としながらいった。「さっき、どうしてまだなんですなんていったの？」

「だってそうじゃないか」

「そんなこときいてるんじゃないでしょう？」

「さて、不粋なのはいったいどっちかな？」ジャスティンはそういったあと、口を開きかけたセレナの腰に片手を回して、すかさず彼女の肩に唇を押しつけた。セレナはほとんど抵抗しないで、彼のなすがままになっていた。

「さっきの女の子、かわいかったわね」セレナはひざを抱えた。

「子どもはみんなそうさ」ジャスティンはもう一方の肩にも唇を押しつけた。「純真で無邪気で、恐れをまったく知らない。だけど、そのうちあの母親も娘に諭すようになるさ。知らない人と話してはいけませんってね。しかたがないことだけど、悲しいことでもある」

セレナは体を引いてジャスティンの顔をまじまじと見つめた。「あなたがそんなことを考えてるなんて、うそみたい」

ジャスティンは彼女の体から手を離して、目の前に広がる海原を見つめた。セレナに話してみたいことはたくさんあった。あの女の子の体に触れたときに彼が感じたこととか、自分には縁がないと思っていたのに急に家族が欲しくなってしまったこととか。しかし彼は、セレナが体の砂を払い落としたように、彼女に話してみたいという気持ちを心の中から払い落とした。話さないほうが無難だと思えたのだ。

「ま、僕が子どものときもそうだったからな」ジャスティンは当たり障りのない返答をしてお茶をにごした。

セレナはいぶかしげに彼の顔をのぞき込んだ。「どうかしたの?」

「いや、別に」

「ひとつ、いいこと教えてあげましょうか」セレナがわざともったいをつけていった。

「なんだい？」

「わたしはね、あなたの顔がきれいだなんて、ちっとも思わないわよ」

ジャスティンはセレナのほうに顔を向けて小さく鼻を鳴らした。「子どもは正直さ」

「あなたと違ってね」セレナはからかうようにまゆをつり上げて、ジャスティンの唇の端に軽くキスをした。

「それなら、きみだって同じじゃないか」ジャスティンはセレナの顔を両手で挟み、彼女の唇にしっかりと唇を押しつけた。セレナは彼のキスに積極的に応《こた》えた。しびれるような感覚が背すじを突き抜けていく。

「今のようなまねは、もう二度としないわ」ジャスティンが唇を離すと、セレナが蚊の鳴くような声でいった。

「そう願いたいね」ジャスティンはセレナの髪をなでながら彼女のうなじに唇をはわせた。

急に、何かにはじかれたようにセレナが体をよけた。彼女は自分の中で起きている大きな変化に、今初めてはっきりと気づいたのだ。何が変化したのか、どういう変化なのか、その答えを求めて頭の中をめまぐるしく回転させながら、セレナはあわただしく立ち上がった。

「そろそろ行きましょ」セレナは足の砂を払い落とした。「早く町に出て買い物をすませないと、乗船の時間に遅れてしまうわ」

「うまい口実を見つけたもんだ」ジャスティンはしぶしぶ立ち上がって体の砂を払い落とした。

「口実なんかじゃないわ」セレナはせかせかと帰りじたくを始めた。「うそだと思ったら、おてんとうさまの位置を見てごらんなさいよ」

ジャスティンは手をかざして空を仰いだ。けれども、ふたりを照らしているカリブの太陽が何時の位置にあるのか、彼にはさっぱりわからなかった。

「でも、どうしてどの店もそろいもそろって、ショーウインドーにダイヤの飾り物を置いているのかしら」

「それがいちばん効果的だからさ」こともなげにいって、ジャスティンはレンタカーのエンジンを切った。「女の気持ちを引き付けるにはね」

「しょせん炭素の塊じゃないの」セレナは吐き捨てるようにまくし立てた。「ダイヤなんて、初めは魔よけにすぎなかったのよ。なのに、血まなこになってダイヤを奪い合って、あげくの果てに戦争まで起こすなんて、まったくばかげてるわ」

「きみはダイヤに魅力を感じたことはないの？」

「ないといったらうそになるけど、少なくとも、欲しいと思ったことがないのは確かだわ」セレナはセント・トーマスの町並みに視線を注いだ。「とにかく早く行きましょ。いろいろお土産《みやげ》を買わなくてはいけないし、スコッチ一ケースなんていう大口のリクエストもあるんだから」

ふたりは車を降り、一軒の大きなギフトショップに飛び込んだ。セレナはさっそくてきぱきと品物を選び始めた。もともと彼女はあまりショッピングが好きなほうではなかったが、いったん始めるといつのまにか夢中になっているのが常だった。

セレナは手持ちぶさたに店内をぶらぶらしているジャスティンにかまわず、テーブルクロスのコーナーをじっくりと物色した。やっと気に入ったものが見つかり、それを買い求めて、さっさと酒類のコーナーに移っていく。腕時計にちらっと目をやった。点呼の時間まで、まだ二時間近くある。

「シーバスリーガルの十二年物を、一ケースください」セレナはカウンターの向こうの店員に声をかけた。

「二ケースにしてくれ」

彼女が驚いて振り向くと、ジャスティンが笑顔で立っていた。

「あなたもシーバスを?」セレナは意外そうな小声できいた。ジャスティンがうなずく。

カウンターに二ケースのスコッチが並べられると、彼女は店員のほうに向き直った。「わたしのは港のセレブレーション号にすぐ届けていただけます?」

そして、セレナがクレジットカードを店員に手渡すと、背後からジャスティンが店員に声をかけた。「僕のも頼む。ただし、支払いはキャッシュだ」

店員が伝票に記入している間、セレナはジャスティンが注文した一ケースのスコッチをぼんやり眺めていた。よくわからなかった。彼はカジノにいるときにはアルコールをまったく口にしないし、スコッチが特に好きというわけでもなさそうだ。なのに、それをケースで買うなんて。しかもその銘柄は彼女が注文したのとまったく同じ、シーバスリーガルの十二年物……。だれかへのお土産だろうと思ってみても、それでもセレナはなんとなく釈然としなかった。

伝票にサインしてカードと伝票の控えを受け取ったセレナは、支払いをすませたジャスティンのあとから、もたもたと店の出口に向かっていった。

「でも、不思議ね」店から出るとすぐにセレナが口を開いた。「ふたりとも、同じ銘柄のスコッチを同じくケースで買うなんて」

「そうでもないさ」ジャスティンは落ち着いた口調で答える。「二ケースとも同じ人物に渡るとすればね」

ふたりは車に向かって歩いていた。セレナはけげんそうにジャスティンを見上げた。

「同じ人に?」

「きみのおやじさんは、あれ以外のスコッチは口にしないんだろう?」

「ええ……。でも、どうして……」セレナは眉間《みけん》のしわをいっそう深くした。「すると、あなたはうちの父親のために、あのスコッチを買ったっていうつもり?」

「そうだよ」

「そんな!」セレナは思わず足を止め、信じられないといった調子で首を振った。「あなたにそんなことをしてもらう理由なんかないわ」

「理由はあるさ」ジャスティンは通行人のじゃまにならないようにセレナを歩道の端に寄せた。「僕はきみのおやじさんに頼まれているんだから」

「うちの父に?」人通りが多いのも忘れて、セレナはすっとんきょうな声を上げた。「いったい、どういうこと?」

ジャスティンはセレナの背中に手を当てて再び歩き始めた。「だけど、お土産にスコッチをケースでリクエストするなんて、ダニエルらしいじゃないか」

ダニエルですって? セレナは驚きを通り越してわけがわからなくなった。赤の他人の口から父親の名まえを呼び捨てにされたのは、生まれて初めてだった。

「ジャスティン、どういうことなのかちゃんと説明してちょうだい」セレナは歩道の真ん中で立ち止まって、断固動こうとしない。

「だから、きみのお父さんに頼まれたって、いってるじゃないか」

「だから、どうしてうちの父があなたにお土産をねだったりするの？」

「別にねだったわけじゃないさ。お土産のことは僕のほうからいい出したことなんだ。なにしろ、親切にもセレブレーション号のチケットを送ってくれたのは、ダニエルだからね」

「あなたのいうことはわけがわからないわ。なぜうちの父が旅行代理店のまねごとをしなくちゃいけないの？」

ジャスティンは彼女のフルネームを初めて知ったときと同じように、大きな声でげらげら笑い始めた。「確かにきみのお父さんはいろいろなことをしているが、旅行代理店はやっていないようだからね」ジャスティンはセレナの肩に腕を回した。「ここじゃなんだから、そこのカフェで座って話そう」

「いやよ」セレナはにべもなく答えた。「納得がいくようにはっきり説明してくれない限り、ここから一歩も動かないわ」

「説明してあげるから、とにかく座ろう」

ふたりは歩道のわきに無造作に並べてあるテーブルの一つに陣取って、アイスティーを二つ注文した。店の奥から、パンを焼く香ばしい香りが漂ってくる。

「さあ、ちゃんと説明して。約束でしょ？」セレナは椅子にふんぞり返って腕組みをした。

「僕がきみのお父さんに初めて会ったのは、十年前だった」ジャスティンはたばこを取り出して火をつけた。驚いた表情のセレナにはかまわず、先を続ける。「仕事の話でハイアニスポートの屋敷におじゃましたんだ。小一時間ほど彼とポーカーをして、そのあと仕事の話をまとめた。以来、きみの家には何度も行っている。みんないい人ばかりだね」

あっけに取られていたセレナの顔がしだいに険しく引きつっていった。だが、彼女はひと言も口を挟まなかった。

「僕がきみの家に行ったとき、きみはたいてい学校に行っていて留守だった。だけど話はいつも聞かされていたよ。アランはきみの優しさを褒めていた。ケインはきみの腕力に感心していた。そしてダニエルは、これはもう手放しできみの自慢ばかりしていたよ」

ジャスティンがいったん口を閉じてセレナに目をやると、彼女は思わずほほ笑みたくなるのを懸命にこらえているようすだった。アイスティーが運ばれてきた。

「じゃ、あなたは知っていたのね」ウェイターが下がっていったあと、押し殺したような声でセレナがきいた。「わたしがどこのだれだか知ってて、わたしに近づいてきたのね」

「それは違う」ジャスティンは腰を上げかけたセレナの肩を押さえつけた。彼女がまた椅子に座ると、ジャスティンは真剣に話を続けた。「僕はきみがブラックジャックのディーラーをやってるなんて全然知らなかったし、マクレガー家の人たちはきみのことをいつもレナと呼んでいたから、僕はこの十年間ずっと、きみの名まえはレナだとばかり思っていたんだ。だから、きみがマクレガー家のレナだとわかったとき、僕はほんとにびっくりしたというか、仰天したというか……」

セレナは当惑と驚愕《きょうがく》で顔を真っ赤にしていた。まるで自分ひとりがこけにされているような気分だった。やり場のない猛烈な怒りが、全身に広がっていく。

「それなら、わたしがマクレガー家のレナだとわかったとき、どうしてあなたはすぐ話してくれなかったの？」セレナがけんか腰でかみついた。

「わざわざチケットを送ってくれたダニエルの意図がはっきりわかって、すっかり気が動転してしまったんだ。落ち着いて話をする余裕なんて、正直いってなかったよ」

セレナはあのときの彼のばか笑いを思い起こして、気持ちが少し和らぐ気がした。あの異常とも思える大笑いは、心の動揺をごまかすためだったのだ。

「父はチケットをあなたに送ったとき、わたしのことはひと言も？」思案顔でセレナがきいた。

ジャスティンがうなずく。彼はテーブルの灰皿でたばこをもみ消してセレナに問い返した。「きみはどう思う？」

セレナが黙っていると、薄笑いを浮かべてジャスティンが続けた。「きみがレナだとわかったとき、僕はなんだかわなにかかったような気がしたよ。妙なことになったと、不安にも思った」

「わな……ね」父親との電話のやり取りを思い出しながら、セレナがひとり言のようにつぶやいた。奥歯にものの挟まったような父親の口ぶりが鮮やかに記憶によみがえってくる。彼女はまだ口をつけていないアイスティーを見つめて、うつろな声で続けた。「家に帰ったら、父を絞め殺してやるわ」

「僕たちをはめたんだから、それもしかたないだろうな」澄ました顔でジャスティンがいった。

「大きなお世話だわ」セレナは今度は怒りをジャスティンにぶつけた。「それにあなただって、すべてわかっていたのにわざと知らんぷりを決め込んで、わたしに仕事の話を持ちかけてきたくせに」

「しゃべらないほうが得策だと思ったからさ」ジャスティンはアイスティーをひと口飲んだ。「だいたい、僕はきみの素性を知る前からきみに興味を覚えていたんだぜ」

「なんとも光栄なことだわ！」吐き捨てるようにいって、セレナはアイスティーを口に含んだ。「父といいあなたといい、いったいわたしをなんだと思ってるの？　わたしはチェスの駒《こま》じゃないのよ」

「もちろん違うさ。駒というよりじゃじゃ馬ってところかな」

セレナはかっとなってジャスティンを見据えた。彼の体を抱え上げて店のショーウインドーに投げつけてやりたかった。が、もとよりそんな力はあろうはずもなく、彼女は土産物がいっぱい詰まったトートバッグをつかんで、ぷいと立ち上がった。

「マイアミに着くまでわたしの前に姿を見せないことね」セレナは脅すような口調でいった。「じゃないと、無事に帰れるかどうかわからないわよ」

「わかった。ただし、この前の話はまだ生きているからね」ジャスティンはセレナを見上げた。口を開きかけたセレナを手で制して、穏やかに話を続ける。「返事は二週間後でいい。今きみがいいたいことは想像がつくけど、落ち着いて考え直してみてくれないか？」

セレナは鼻を鳴らして肩をすくめた。「二週間後でも二カ月後でも、返事は同じだと思うわよ。じゃあね、ジャスティン。わたしは港までタクシーで戻るわ」

「セレナ」歩き始めた彼女を、ジャスティンが呼び止めた。「おやじさんを絞め殺す前に、マイアミからスコッチを送るからと必ず伝えておいてくれよ」

6

　セレナは空港からタクシーでわが家に向かった。九月になったばかりだというのに、樫《かし》や楓《かえで》の葉はすでに赤や黄に色づき始めている。だがセレナには秋の到来をしみじみ味わっている余裕はなかった。心の中では、怒りの炎が再び音を立てて燃え上がり始めていた。客船がセント・トーマスを離れて以来、セレナはうわべだけはいつものように愛想よく客に接していたが、腹の中は怒りで煮えくり返りそうだった。そしてその怒りは、ジャスティンが約束どおり一度も彼女の前に姿を見せなかったので、今やもっぱら父親ひとりに向けられていた。裏で糸を操っている老獪《ろうかい》な策士、ダニエル・マクレガーに。

　マクレガー家の屋敷が見えてきた。セレナは思わず腹立ちを忘れて、一年ぶりのわが家に目を凝らした。お城のような石造りの建物が初秋の午後の日ざしを浴びて灰白色に輝いている。何から何までダニエルの要望どおりに造られたその建物は、両わきに塔のある大邸宅で、玄関先には半円形の花壇まであった。屋敷の両側には小さな建物がさらに翼のように延びていて、片方は車が十台も入るガレージ、もう一方は天井を強化ガラスで覆った温水プールだった。

花壇の前でタクシーを降りたセレナは、久しぶりのわが家の外観をざっと見渡し、二つのスーツケースと一ケースのスコッチを運転手に預けて、しっかりとした足取りで玄関に向かった。

昔からの習慣に従って、ノックする前に巨大な木製のドアをじっと見上げる。そのドアにはマクレガー家の家紋が彫り込んであり、戴冠《たいかん》したライオンの頭をかたどったノッカーには、ケルト語で〝王冠はわれにあり〟と彫ってあった。セレナはいつものようにその文字を読んで、かすかに笑みを浮かべた。父親のダニエルは人からそのことばの意味をきかれると、決まってケルト語の講義を始めるのだ。

「ありがとう。ここでいいわ」運転手に笑顔を向けてセレナがいった。荷物をドアの前に置いた運転手が、料金とチップを渡されて引き揚げていく。

セレナはノッカーを力強く打ち付けた。大砲のような重厚な音が響き渡り、しばらくしてドアが内側から大きく開かれた。

「レナお嬢さま!」

「リリー!」セレナは応対にでた銀髪のとがった顔の中年女性を熱烈に抱き締めた。セレナにとってリリーは、たんなる家政婦というよりまるで姉のような存在だった。母親のアンナが病院の仕事で忙しいときなどは、セレナたち三人の子どもにとってリリーは母親代わりでもあった。

「元気だった？」再びリリーの小柄な体を抱き締めて、セレナがきいた。

「おかげさまで」リリーは満面に笑みを浮かべてセレナを見つめた。「お嬢さまも元気そうで！」

「リリー、どなたかいらしたの？」編み物の途中だったのか、編み棒を持ったままアンナが顔をのぞかせた。

「ただいま、ママ」

「レナ！」アンナは小走りでセレナに近づき、編み棒を持った手で娘の体を思い切り抱き締めた。

　セレナは母親の香水の香りを胸いっぱい吸い込んだ。それは、いつもと同じ甘いりんごの香りだった。

「びっくりするじゃないの。帰ってくるのはあすじゃなかったの？」

「マイアミでぐずぐずしていてもしかたないから、すぐ飛行機に乗っちゃったの」

　セレナはアンナの体を押し戻して、母親の顔をしげしげと見つめた。肌は相変わらずつやつやしていて、一年前と比べてしわの数も増えていない。魅力的な茶色の瞳はまるで少女のように輝いているし、白髪まじりとはいえ茶褐色の髪はつややかに波打っている。

「ママ」セレナは母親の顔にほおずりした。「ママはどうして、いつまでもこんなにきれいなの？」

「お父さまや子どもたちに愛されているからじゃないかしら」セレナはくすくす笑って母親の体をもう一度抱き締めた。「やっぱりうちがいちばんだわ！」

「元気そうでほんとうに安心したわ」今度はアンナがセレナの体を押し戻して、娘の顔をしげしげと見つめた。「さあ、お茶でも飲みながら船旅の話でも聞かせて。リリー、みんなにレナが帰ってきたと伝えておいてね」

アンナはセレナの体に腕を回して居間のほうに戻りかけ、はたと足を止めてセレナにいった。「でも、まずお父さまにあいさつしたいのなら、話はそれからでもいいわよ。どうする？」

セレナの顔つきが急に険しくなり、アンナはいぶかしげに娘の顔を見つめた。

「それもそうね」セレナが気を取り直して答えた。「じゃ、さっそくパパにあいさつしてくるわ」

「何かあったの？」

「それはあとで」セレナは苦笑いを浮かべた。「でも、そのときにはパパの手当てで話どころじゃないかもね」

「ははーん」アンナはわけ知り顔でうなずいた。「じゃ、気がすむまでお父さまをとっちめたら、そのあとでゆっくり話を聞かせてね」

「そんなに時間はかからないと思うわ。一発で勝負をつけちゃうつもりだから」セレナは力こぶを作っておどけてみせた。

左側の広い階段を上がって父親の書斎に向かって歩いていく。階段は途中で何回も曲がっている。セレナはかつての子ども部屋の前を過ぎ、ドアが三つある家族の寝室の角を曲がって、思い出深い薄暗い踊り場に出た。そこには高さが一メートルもある大きなつぼが置いてあり、子どものころ彼女はつぼの後ろに隠れていた次兄のケインに何度も死ぬほどびっくりさせられたものだった。

あれはいくつのころだったかしら……。セレナは立ち止まって、つぼを眺めながら思い出にふけった。わたしが八つか九つのときだったから、ケイン兄さんは十一か十二のはずだわ。当時、セレナとケインは寄ると触るとけんかばかりしていた。いつもケインが先にちょっかいを出し、怒ったセレナが彼を追いかけ回すというパターンだったが、最後は必ず屋敷の東側にある芝居の庭で取っ組み合いになった。そして、組み伏せられた彼女が笑いだし、それでけりがつくのが常だった。

セレナはケインに対する愛着を痛切に感じながら、階段を上り始めた。

彼女の脳裏に、今度は長兄のアランのことが浮かんでくる。アランとは年が六つも離れていることもあり、けんからしいけんかはほとんどしたことがなかった。むしろ、いつもセレナの味方だったといってもよかった。我の強いやんちゃ坊主のケインと違って、アランはおとなしくて優しくてすなおだった。もっとも、がんこで自分の信念を曲げないところなどは、まさしくマクレガー家の人間といえたが。

塔の最上階に通じる狭い階段が見えてくる。セレナは心を引き締めて深呼吸をすると、鼻息も荒くその方向に足を進めた。

書斎へ入ると、父親のダニエルは奥の部屋で机に向かって電話中だった。ノックの音に続いて力任せにドアを開けて入ってきた侵入者を、もう少しでどなりつけるところだった。

「レナ！」つかつかと入ってきた娘を見て、ダニエルが叫んだ。受話器に向き直って早口で続ける。「とにかく、その件に関しては三十日が限度だ。先方にそう通告しておいてくれ。そうだ、三十日だ。じゃ、また連絡する」

けれども、彼が電話を切って立ち上がりかけたときには、険しい表情のセレナがすでに机の前まで来ていた。

「パパ！」机に両手をたたきつけてセレナがいきなり切り出した。「いったいどういうつもりなの？」

ダニエルはたじろぎながら椅子に座り直すと、せき払いをして作り笑いを浮かべた。

「元気そうじゃないか、レナ」

父親の笑顔に一瞬気が緩みかけたが、セレナはダニエルの目をはっしと見据えて猛烈な勢いでまくしたてた。「パパはいったいどういうつもりで、わたしをあんな色男に引き合わせたりしたの?」

「あんな色男?」ダニエルは目を白黒させた。「おまえは、いったいだれのことをいっているんだ?」

「とぼけないで。ジャスティン・ブレードのことに決まってるでしょ!」

「ああ、ジャスティンのことか。あれは実にいい男だ。じゃ、おまえは彼に会ったんだな?」

父親のとぼけた口ぶりに、セレナは思わず噴き出しそうになった。

「まったく、パパの悪知恵には恐れ入るわ」無理に顔をしかめて父親をやり込める。「パパはいつから旅行代理業や結婚仲介業までやるようになったの? わたしにはひと言の相談もなしに、かってにデートの段取りをつけるなんて、あんまりじゃないの。おまけに――」

「それは誤解だよ。わたしは何も――」

「ごまかさないで!」セレナは机の横を回り、椅子を一回転させて父親の体を自分のほうに向けさせた。「わたしはほんとうに頭にきてるんだから! こんな屈辱、生まれて初めてだわ!」

「そんな、おまえ……」ダニエルはしどろもどろになって釈明しようとした。「わたしはただ、ジャスティンに休暇を勧めただけなんだよ」

「この期に及んで、まだそんなことを？　いいこと？」セレナは父親の分厚い胸にひとさし指を突き立てた。「わたしはもうすべてを知っているんですからね。へたない逃れをしたってだめよ」

「だけどおまえ、同じ船に乗ったからって必ず出会うとは限らないじゃないか」ダニエルはまだとぼけた。「セレブレーション号というのは大きな船なんだろう？」

「船は大きくてもカジノは小さいの！」間髪を入れずにセレナがたたみかけた。「パパがどんな計算をしていたか、わたしに見抜けないとでも思ってるの？」

「まあ、なにもそうむきにならなくてもいいじゃないか」ダニエルは一転してなだめるような口調になった。「今までだって、おまえにはわたしの友人を紹介してきたし、彼もそのひとりにすぎないんだから」

セレナはぷいと父親のそばを離れると、本棚の前に立ち、やにわに『アメリカ憲法史』といういかめしい装丁の本を取り出した。そして、あっけに取られていたダニエルが悲鳴のような声を上げるのと同時に、彼女はその本を開いた。

「やっぱりね」セレナは開いた本をこれみよがしに父親のほうに突き出した。本の中味がくり抜かれ、そこには六本の葉巻が隠してあった。

セレナは呆然《ぼうぜん》としている父親の目の前で、葉巻を全部取り出して真っ二つに折った。

「レナ!」おびえたようにダニエルが顔をゆがめた。

「ママに見つかるよりはましでしょう?」セレナは折った葉巻をくずかごに放《ほう》り込み、澄ました顔で手についたくずを払った。

ダニエルはおずおずと立ち上がって娘に近寄っていった。「葉巻に八つ当たりするなんて、卑怯《ひきょう》じゃないか」

「卑怯ですって?」セレナは思わず大声を上げた。父親をにらみつけて一気にまくしたてる。「卑怯なのはいったいどっちなの? パパがやったことは卑怯どころの騒ぎじゃないじゃないの! ジャスティンはどう思ったか知らないけど、わたしはパパの悪だくみがわかったとき、ものすごくばかにされたような気がしたのよ」

セレナのけんまくにたじろぎながらも、ダニエルは内心ほっとしていた。娘がジャスティン・ブレードのことをジャスティンと気軽に呼んでいるところから察するに、事態がそれほど悪いほうに向かっているとは思えなかったからだ。

「悪だくみだなんて、それはおまえ、誤解もいいところだよ」諭すような口調でダニエルがささやいた。「わたしはおまえのためによかれと思って――」

「だったらどうして、前もってジャスティンの話を聞かせておいてくれなかったの?」

「それは……」

ダニエルは口をもぐもぐさせながら机に戻った。〝正面から切り出しても、おまえは相手にしてくれないじゃないか〟といいたい気持ちをぐっとこらえて。

再び椅子に座ったダニエルは、やぶへびにならないようにさりげなくことばを続けた。「だけど、ジャスティンは実にいい男だよ。頭は切れるし、誠実で誇り高い」

「ええ、そうですとも」わざと感情を込めてセレナがいった。「それに、とっても魅力的だし」

にやにやしながらダニエルがさらに探りを入れる。「それを聞いて安心したよ。おまえなら必ずジャスティンのよさがわかると思っておった」

「だったら、もっといいことを教えてあげましょうか」セレナもにやにやし始めた。「実はね、わたしはジャスティンの愛人になろうと思ってるの」

「何？」ダニエルは急に真顔になった。娘を見つめる彼の唇が、わなわなと震えだす。「何をばかなことをいってるんだ、おまえは！」ダニエルは口からあわを飛ばしてどなり散らした。「愛人など、とんでもないことだ。そんなことは絶対許さんからな。わしはそんなことを望んでいるんじゃない。そのくらいのことは、子どもじゃないんだからおまえもわかってるはずじゃないか！」

「そうよ、わたしはもう子どもじゃないわ」がなっている父親を冷ややかに見つめていたセレナは、穏やかにしゃべり始めた。「だから、デートの段取りを父親につけてもらおうとも思わないし、結婚相手くらい自分で見つけるつもりよ。もし結婚するとすればね。だけど正直いって、今のわたしは男の人とどうのこうのという気分じゃないの。パパには悪いけど」

ダニエルはまゆをひそめて娘を見つめた。「じゃ、彼の愛人になるというのは……」

「恋人を選ぶときが来たら、わたし自身で選ぶ。でもだれの愛人にもならないわ」セレナは胸を張って答えた。

一瞬ダニエルは肩すかしを食らったようにぽかんとした。が、すぐに彼は父親の威厳を取り戻すかのように、顔を引き締めてまた机に向かった。

「ところで、レナ」ペンを握りながらダニエルがいった。「おまえはお土産《みやげ》を買ってきてくれたんじゃなかったのかい？」

「なんの話？」

「レナ……」

セレナは父親の首に抱きついて、優しくささやきかけた。「うそよ。ちゃんと買ってきてあるわ。シーバスリーガルの十二年物を一ケースほどね。でもいいこと？　わたしはパパを許したわけじゃないわよ。それとこれとは話が別ですからね」

「まったく、減らず口ばかりたたきおって」ダニエルは苦笑いを浮かべた。

「じゃ、わたしはもう行くわ。またあとでね」セレナは父親のほおにキスをして、軽い足取りでドアのほうに向かった。部屋の中ほどで立ち止まって父親のほうを振り返る。「あ、そうそう。ジャスティンがマイアミからシーバスを一ケース送るからよろしくですって。悪だくみの報酬にしては、割がよすぎるんじゃない?」

ダニエルがいまいましそうに鼻を鳴らし、セレナはくすくす笑いながら書斎をあとにした。


「ちょうどよかったわ。今お茶が入ったところなの」セレナがリビングに入ると、花柄のひじ掛け椅子に座っていたアンナが顔を上げて編み物の手を休めた。わきのテーブルには、紫檀《したん》のトレーに上品な色合いの陶器のティーセットが用意されている。

「暖炉に薪《まき》を足して、さっそくお茶にしましょう」編みかけの毛糸をテーブルに置いてアンナがいった。

「薪はわたしがやるわ」セレナは暖炉の前に行き、薪を手にしてしゃがみ込んだ。炎が盛んに揺らめいている。セレナは薪を慎重に重ねていきながら、薪の燃える匂《にお》いを思い切り吸い込んでみた。わが家に帰ってきたという実感がひしひしとわいてくる。

「あとは、温かいお風呂があれば文句なしだわ」母親のほうに戻りながら、セレナは笑顔でいった。「この一年間よくシャワーだけでがまんできたって、自分でも感心しちゃうわ」

「楽しいことがたくさんあったからじゃないの?」

「そうかもしれないわ」セレナはうれしそうに母親の足もとのクッションに腰を下ろした。

ティーカップを受け取りながら興奮した面もちで続ける。「仕事はハードだったけど、機会があればまたやってみたいと思うもの。いろんな国のいろんな人に出会えて、毎日が楽しくてしかたなかったわ」

「あなたの手紙を読んでも、それはよくわかったわ。手紙は全部取ってあるから、今度自分で読んでごらんなさい。おもしろいことがずいぶん書いてあったわよ」アンナはくすくす笑って紅茶をひと口飲んだ。「でも、あなたは知らなかったでしょうけど、お父さまはあれからたいへんだったのよ。あなたのことが心配で」

「いつごろから心配しなくなったの？」

「心配しなくなったどころか、今でもやきもきしているわ。といってもお父さまの場合、それが一種の愛情表現でもあるんだけれど」

「かもね」セレナはため息をついて紅茶をすすった。「もう少しのんきに構えてくれると、助かるんだけどな……」

「ところで、セレナ。あなたはジャスティンのことをどう思ってるの？」

セレナがびっくりしてひじ掛け椅子に座っている母親を見上げると、アンナはにこやかにことばを続けた。「お父さまが何をどうなさったか、もちろんわたしは知らないわよ。ただ、そこのドアを開けたままだったから、あなたの大きな声がここまで聞こえてきたの
……」

「思い出しただけでも頭にきちゃうわ！」セレナはカップを持ったまま立ち上がって暖炉のほうに歩きかけた。「パパはジャスティンにチケットを送って船に乗り込ませたの、わたしに引き合わせるために。しかも、彼にもわたしにもひと言の相談もなしによ！」

「それについてジャスティンは何かいってた？」

アンナの落ち着いた口ぶりに、セレナはあらためて母親の顔を見つめた。「最初はびっくりしたらしいけど、どちらかといえばパパにはめられたことを楽しんでるみたいだったわ。彼はナッソーの浜辺でわたしとやり合ったときに、初めてわたしの素性を知ったの。わたしがうちの名まえを口にしたから」

アンナは笑いをかみ殺すように紅茶を口に含んだ。澄ました顔でしゃべり始める。「お父さまはジャスティンをとても気に入っているの。わたしだってそうよ。だから、たぶんお父さまは我慢できなかったんだと思うわ、あなたに彼を紹介したくて」

「だったら、ほかにやりかたがあったでしょうに」セレナはマントルピースの上にカップを置いて暖炉の炎を見つめた。「おかげで、わたし……」

「どうしたの？」口をつぐんだセレナに、アンナが優しく声をかけた。

「ジャスティンはとても魅力的だと思うわ」ひとり言のようにセレナは話し始めた。「それはたぶん、パパやママが感じているのと同じことだと思うけれど……。ただ困ったことに、わたし、たとえ彼に腹を立てても、それが長続きしないの。なんていうか、自然に許せてしまうというか、初めから負けてるというか……」

　セレナはいったん口を閉じて母親のほうを振り返った。アンナは穏やかな表情で娘を見つめている。

「こんなこと初めてだから、正直いって、どうしたらいいのかわからないの」ためらいがちに話を続けた。「最後の寄港地のセント・トーマスでも、ジャスティンといっしょに町に出たけど、もし彼がパパの話をしなかったら、わたしは彼とどうなっていたかわからないわ」

「で、今はどう思ってるの？」

　セレナは自分の手のひらを見つめて大きくため息をついた。「会いたいとは思うけど、よくわからない。だって、知り合ってまだ二週間しかたっていないんですもの」

「レナ、恋愛が始まるのに時間は関係ないのよ。もっと自分の直感を信じてもいいんじゃないの？」セレナが顔をゆっくりと母親のほうに向けると、アンナはにっこりほほ笑んで先を続けた。「わたしがお父さまと初めて出会ったときだって、なんてうぬぼれの強いがさつな人かと思ったものだわ、頭ではね。それがひと月もたたないうちに同棲《どうせい》を始めて、翌年には結婚ですもの」

　母親の意外な告白に、セレナは口をあんぐり開けて立ち尽くした。

「今の時代では同棲なんて珍しくもないでしょうけど」いたずらっぽく笑ってアンナが告

白を続ける。「わたしたちのころは、それはそれはたいへんだったわ。わたしは医大の卒業を翌年に控えていたし……。でも、口では悪口をいい合っていても、心の底ではお互いにはっきりわかっていたの。ふたりはいっしょになるべきだし、相手のいない人生なんて考えられないって」

セレナは神妙な面持ちで母親の話に耳を傾けていた。暖炉の薪がはじける音が室内に響きわたり、その音に促されるようにしてセレナが口を開く。

「でも、そのときママは、パパを愛してるって、どうやって知ったの？」

「昔からそうだったけど、子どもたちの中であなただけだわ、そんな難しい質問をするのは」アンナは優しくほほ笑んで娘を招き寄せた。セレナは再びクッションに腰を下ろし、アンナは娘の手を取って静かに話を続けた。「愛しているかどうか、それをはっきり識別できるリトマス試験紙のようなものでもあれば便利でしょうけど、残念ながら現実の恋愛にはそんなものはないわ。これはその人その人の心の問題なの。あなたは自分ではどう思う？　ジャスティンを愛していると思う？　それとも、愛するのを恐れていると思う？」

セレナは口をもぐもぐさせてから、思い切って答えた。「両方だと思うわ」

アンナは娘の手をいっそう強く握りしめた。「この話はお父さまにはないしょにしておきましょうね。有頂天になって騒ぎだすといけないから」セレナがふふっと小さく笑い、アンナは娘の手をさすりながらさらに話し続けた。「で、あなたはこれからどうしたい？」

「まだよくわからないわ。二度と考えたくないような気もするし……」セレナはひざを立てて、その上にあごを載せた。「だけど、どっちにしてもジャスティンにはもう一度会わなくちゃいけないみたいなの。仕事のことで返事をすることになっているから」

「そうなの」

「アトランティックシティにあるジャスティンのカジノホテルでマネージャーをやってみないかって……。カジノホテルには興味があったし、自分で始めるにはどうすればいいのかパパに相談しようと思ってた矢先だったから、考えてみるっていっておいたの」

「マネージャーとなると、ジャスティンは相当あなたを買ってるみたいね」

「お客さまのあしらいがじょうずなんですって」セレナは他人事のようにいって笑みを浮かべた。

「じゃ、それはきっと天性のものだわ。あなたは二歳のころからじょうずだったもの」

「自分でもなんだかそんな気がしているわ」唇に笑みをたたえたままでセレナがいった。「それに、この一年間でほんとうにいろんなことを経験させてもらったもの。セレブレーション号は豪華な客船だったけど、カジノはわりと小規模なの。だから逆に、カジノ経営に関する基礎的なことをあらかた学ぶことができたんだと思うわ。どう対応したらいいのかわからないような、珍問奇問もたくさんあったのよ」

セレナが思い出し笑いをしていると、さりげなくアンナがたずねた。「その仕事の話、どうするつもり?」

セレナは彼女の手を優しく包んでいる母親の手をじっと見つめた。それは外科医の手とは思えないほど、しなやかで美しかった。

「まだはっきりとは決めてないけど」しばらくしてセレナがおもむろに答えた。「仕事だと割り切って、かけてみようかとも思ってるの。勝つか、負けるか、引き分けるか……」

服を脱いでバスルームに入ったジャスティンは、シャワーの下に立ってコックをいっぱいに開いた。荷物はあすの朝メイドが整理してくれることになっているし、カジノは代理の者に任せてあるので、まだ今夜ひと晩はのんびりしていられる。幸い留守中これといったトラブルもなく、船旅に出かける前と同じくすべてが順調にいっていた。

セレナは今ごろ実家だろうな。ジャスティンは温水の噴流を浴びながらにやにやし始めた。彼女が父親にかみついているようすが目に見えるようだった。そして、娘に弱いダニエルがたじたじとなっているさまも。

けれども、セレナの顔を思い浮かべているうちに、ジャスティンはしだいに落ち着かなくなってきた。二週間の猶予を与えて、しかも約束どおりセレナの前に姿を見せないままマイアミを離れてしまったことが、とてつもない失敗のように思えてきたのだ。断られた場合の作戦はすでに立ててあるとはいえ、それが成功するという保証はどこにもない。ジャスティンはコックを締めてタオルに手を伸ばした。

ジャスティンには、階下のカジノで辣腕《らつわん》をふるえるマネージャーと、今いる自室でベッドを暖めておいてくれる女性が必要だった。セレナは、その二つの条件を同時に満たす唯一の女性なのだ。彼はタオルを腰に巻いて寝室に入っていった。

毛足の長いカーペットを敷き詰めた広々とした寝室。バルコニーに面した大きなガラス戸には、自動的に巻き上がるブラインドがかかっていて、ボタン一つで大西洋を一望のもとに見渡すことができる。壁寄りに置かれているキングサイズのベッド。これまでいったい何人の女性が、そのベッドでジャスティンと一夜を共にしただろうか。が、そんなことは彼にはもうどうでもよかった。

ジャスティンは腰のタオルを外してバスローブをはおった。もし一夜のセックス・フレンドが欲しければ、ガールフレンドのだれかに電話すればそれで解決だ。しかし、女性の温かい肉体が恋しかったにもかかわらず、今夜の彼はダイヤルを回そうともしなかった。ほかのどんな女性を抱いても決して満たされないのは、わかりきっていたから。

ジャスティンはいらだたしげに寝室の中を歩き回った。ここアトランティックシティのカジノホテル〈コマンチ〉は、彼の東部進出の重要な拠点であり、しかも彼が経営している五つのカジノホテルの中でもっとも新しいホテルだった。いつなん時トラブルが発生するかもしれないので、常に目を光らせていなければならない。彼はどうしてもここに生活の場を築く必要があった。そして、これまでは考えたこともなかったのに、彼は最近よく家庭というものを思い描くようになっていたのだ。

ジャスティンは部屋の中を歩き回りながら頭をかきむしった。すべてのことが順調に進み、欲しいものは着実に手中に収めている。それなのに、彼の中には、何かが欠けているという強烈な感覚があった。セレナが来ることによってそれが癒《いや》されるというのか？　ジャスティンはまったく予定になかった新たな展開に、珍しく心を乱した。

どうしておまえはセレナをむりやりにでも連れてこなかったんだ？　ジャスティンは自分に問いかけた。彼女の声がむしょうに聞きたくなってきた。電話に手を伸ばす。が、彼が回したのは、ダニエルの書斎に直接つながる電話番号だった。

「マクレガーだ」

「やあ、タヌキおやじ」

「おお、ジャスティンか」ダニエルの元気のいい声が聞こえてくる。「船旅はどうだった？」

「なかなかスリルがありましたよ。そちらは？　もうセレナと話をしました？」

「ああ。こちらもなかなかスリルがあったよ。もっとも、レナはきみをべた褒めだったが」

「なるほどね」ジャスティンはにやっと笑ってソファに身を沈めた。「だけど、最初から教えてくれておいたほうが手っ取り早かったのに」

「教えたら、きみはツアーに参加したかな？」

「しませんでしたね」

「ほらみろ」ダニエルが得意そうにいった。「しかし、わたしはなにも、娘に引き合わせるためだけにチケットをきみに送ったわけじゃない。きみの体を心配もしているんだ。それはわかってくれるな？」

「いいえ。だから、スコッチ一ケースは実はまだ送っていないんです。あなたがおせっかいから手を引くと約束しない限り、送るつもりもありません」

「そりゃないだろう？　レナから聞かされて、わたしは楽しみにしていたのに。それに、わたしのはおせっかいじゃなくて、ささやかな親心なんだ。娘の幸せを願う父親のな」ダニエルはジャスティンとのやり取りを楽しんでいるようだった。「ところで、ついでにもう二、三日休暇を取ってうちに来ないか？　みんな大歓迎だよ。レナなんか特に」

「セレナなら、そのうちこちらに来ると思いますけど」あたりまえのようにジャスティンがいった。

「なんだって？」ダニエルの声は上ずっていた。

「それはどういう意味だ？」

「いったとおりの意味ですよ」

「なあ、ジャスティン」猫なで声でダニエルが食い下がる。「教えてくれたっていいじゃないか」

「だめですね」にべもなく断ったあと、ジャスティンは白い歯をのぞかせた。

「そりゃまた、どういう意味だ？」少しむっとした声でダニエルがやり返した。「わたしはレナの父親だぞ」

「しかし、僕の父親ではない。それに、あなたはもうカードを配ってしまったんです。僕がどんな手を作ろうと、それは僕のかってでしょう？」

「ばかな！　いいか――」

「教えません」ジャスティンは笑いたいのを懸命にこらえながら、ぴしゃりといった。「セレナを煮て食おうと焼いて食おうと、僕は自由のはずです。それを承知であなたは――」

「もしレナに妙なことをしてみろ、このわたしが貴様の頭の皮をはいでやる！」

ジャスティンはついに我慢しきれなくなってぷっと噴き出した。「ダニエル、あなたはセレナがおめおめと僕の手にかかるような女性だと、本気で思っているのですか？」

「もちろん、思ってはいない」まごつきながらダニエルが返答した。「いやしくもマクレガー家の娘だ、レナはな」

「でしょう？　だから、あまりよけいな心配はしないことですね。血圧が上がりますよ」

「よけいなお世話だ」ダニエルは受話器の向こうで笑っているようだった。

「それはこっちのせりふです」

今度はダニエルが噴き出し、あきらめたようにいった。「まったく、きみには負けるよ。だが、いいか？　もしうちのレナに――」

「わかってくれてありがとう。それから、スコッチはあしたあたりそちらに届くと思います。マイアミからね。じゃ、また」ジャスティンは受話器を置き、満足げに大きく顔をほころばせた。

7

ジャスティンは〈コマンチ〉の一階にオフィスを構えていた。部屋の隅の天井には、一つしかないドアに向けて警備用の防犯カメラがにらみをきかせ、壁にはカジノ内が見渡せるようにマジックミラーがはめ込んである。マジックミラーは通常はマホガニー材のパネルで隠されていて、ボタンを押せばそのパネルがスライドするしくみになっていた。最上階の自室と直通の専用エレベーターまで備えてあり、彼は宿泊客に気がねすることなく、いつでも自由にオフィスと自室を行き来することができた。

精神を集中させて仕事に打ち込む目的から、窓はいっさい付けていない。ドアも正面の一つだけ。ただ、それではあまりに殺風景だし、かつて放《ほう》り込まれたことのある独房を連想してしまうので、ジャスティンは意識的に明るい色調の家具を配置して、壁には色彩豊かな油絵を掛けていた。その絵には、まだら模様の裸馬にまたがったコマンチ族の戦士たちが、夕日に照らされたロッキー山脈のふもとを疾走していくようすが描かれている。彼はその絵がとても気に入っていた。仕事でがんじがらめになっているときでも、その絵を見ると不思議と自由な気分になれたから。

ジャスティンは机に着き、秘書がタイプした株主への報告書に目を通していた。が、すぐに気が散ってしまって、ちっとも頭に入ってこない。彼は書類を机の上に放り出し、いらだたしげに椅子にふんぞり返った。木曜日のきょうで約束の二週間が過ぎようとしているのに、セレナからはまだなんの連絡もない。もし夕方になっても連絡がなければ、ジャスティンはハイアニスポートに乗り込んでいくつもりだった。

なんてことだ！　ジャスティンは自分をのろった。いまだかつて女性を追いかけたことなど一度もなかったというのに、ことセレナのことになると、まるで初恋をした十代の子どものように胸が騒いでしまう。彼は心の中でつぶやいた。これはゲームではなかったのか？

ゲーム……。確かに初めはそのつもりだった。セレナという獲物をしとめる仕事絡みのゲームのはずだった。それがいつのまにか心の中にセレナが住みつき、ジャスティンはことあるごとに彼女を思い出すはめになっていた。まるで彼のほうがセレナにしとめられたようなものだった。

いずれにしても、早く手を打っておくに越したことはない。ジャスティンは意を決して電話に手を伸ばした。秘書に飛行機の予約をさせるために。

そのとき、ドアをたたく音が聞こえ、ジャスティンは手を止めて顔を上げた。「どうぞ」

秘書のケイトだった。彼女はボスの声の調子を敏感に感じ取り、ドアのすき間からこわごわと首だけ出した。「今いい、ジャスティン?」

「ああ。何か?」

「電報が来てるの」ケイトはブルネットの髪をなびかせて大またで彼の机の前まで歩いてきた。電報を渡しながら、彫りの深い顔をややしかめて独特の低い声で続ける。「それと、ストリーブさんが貸してほしいといってきてるんだけど、どうします?」

「いくらだ」

「これだけ」ケイトは片手を開いてみせた。

ジャスティンは電報を持ったまま、あきれ顔で秘書の顔を見つめた。「ジャックは引き際を知らないからなあ……。で、フロアには今だれが?」

「ネロよ」

「じゃ、ネロに伝えてくれ。ジャックには二千だけ貸して、それがなくなったらお帰り願え、と」

「でも、それでストリーブさんが承知するかしら。だって、AT&Tの株券を担保にするから五千ほど貸してくれって泣きついてきたのよ」

「うちは証券会社じゃないって、そういってやれ」

「わかったわ」ケイトは肩をすくめてオフィスから出ていった。

ジャスティンは無意識のうちにマジックミラーのボタンに手を伸ばしていた。ジャック・ストリーブのことが心配だった。が、もう一方の手にある電報にはたと気づいて、彼はまずそれに目を通した。

モクヨウ　ゴゴ　ソチラニ　ツク　　　　　　　S・マクレガー

ジャスティンは勝ち誇ったように口もとに薄笑いを浮かべた。彼女がどういう返事を用意していようとも、これで自分の勝ちだと思った。時計はすでに十二時を回っている。セレナはもうじきやってくるだろう。彼はたばこに火を付けて、気持ちよさそうに煙を吐き出した。

セレナがマネージャーになってくれれば、カジノのほうはまず問題なくなる。あの手さばきと巧みな客あしらいをもってすれば、どんな難局でも切り抜けられるに違いない。となると、残る問題はただ一つ……。

ジャスティンは口を固く結んでたばこの火を見つめた。私的な感情はこの際抜きにしないと、話がこじれてしまう恐れがある。彼はたばこを灰皿でもみ消した。受話器を取って内線のボタンを押す。

「はい、フロントです」

「ブレードだが」

「は、はい」フロント係が緊張した声を出した。「わたくしに、何か?」

「マクレガーという女性がお見えになるはずだから、最上階のゲストルームをセットしておいてくれ。お見えになったら、荷物はゲストルームに運んで、彼女はここにお通しするように」

「はい、かしこまりました」

「それから、フラワーショップに頼んで、すみれの花を部屋に飾らせておいてくれ。花の本数は適当でいい」

「はい。で、カードはどういたしましょうか」

「いらない」

「かしこまりました。準備のほうはわたくしが責任をもって――」

「よろしく頼む」ジャスティンは受話器を置いて、再び椅子の背に体を預けた。机の上の報告書を手に取って読み始める。今度はいつものようにすらすらと頭に入ってきた。

セレナは車のキーをドアマンに渡して、〈コマンチ〉の建物を見上げた。きらびやかなネオンや飾り付けはまったくなく外観はごく普通のホテルといった感じだ。正面玄関の前には小さな滝のある浅い池があり、池の底に無数のコインが沈んでいる。宿泊客たちが、幸運を祈って投げ込んだものに違いない。

玄関わきには、頭飾りを付けたコマンチ族の酋長《しゅうちょう》の彫像が置いてある。セレナは大理石でできているその等身大の像の胸を指でなぞりながら、酋長の顔に視線を注いだ。そして、その顔にジャスティンの顔をだぶらせている自分に気づいて、彼女は頭を振ってその場から離れた。

荷物が車から下ろされている間、セレナはホテルの前を海岸沿いに走っているボードウォークと呼ばれる板敷きの散歩道に出てみた。

ボードウォークはアトランティックシティのメーンストリートで、散歩道の向こう側には砂浜を挟んで大西洋が広がり、散歩道のこちら側には商店やホテルなどが軒を並べている。公認カジノのはでな看板やネオンがあちこちにあり、一見ラスベガスを思わせるが、砂漠の真ん中にあるラスベガスとの決定的な違いは、辺りに漂う大西洋の波の音と潮の香りだった。

〈コマンチ〉のボーイがセレナに声をかける。彼女は玄関のほうに引き返し、荷物を持ったボーイのあとからホテルの中に入っていった。が、ロビーには赤い絨毯《じゅうたん》も豪華なシャンデリアもなく、モザイク模様のタイルの床を間接照明の明かりが柔らかく包んでいるだけ。しかも驚いたことに、青々と茂った観葉植物がいたる所に置いてあり、壁面にはインディアンの生活や風俗を描いたタペストリーが飾ってあった。もし遠くのほうから耳慣れたスロットマシーンの音が聞こえてこなかったなら、そこがカジノホテルだなんて信じられなかったかもしれない。セレナはフロントに着いた。

「セレナ・マクレガーですけれど」

「はい、承っております」フロント係が笑顔で答えた。「ブレードさんがお待ちかねでございます。きみ、その荷物は最上階のゲストルームにお運びするように」

ボーイにてきぱきと指示を与えてから、フロント係は再びセレナのほうを向いた。「お見えになったらすぐオフィスにお通しするようにいいつかっておりますので、わたくしがこれからご案内いたします。さ、どうぞこちらへ」

「ありがとう」セレナは急に胸がどきどきしてきた。ジャスティンにいうべきことは用意してあるし、どのように切り出すかもすでに考えてあるとはいえ、マサチューセッツのハイアニスポートからニュージャージーのアトランティックシティまで延々と車を運転している間、彼女は何度も引き返してしまおうかと思った。自分がこれからやろうとしていることがあまりに危険なかけに思えたし、へたをすればぼろぼろに傷つくだけの結果に終わってしまうかもしれなかった。もっとも、それもこれもジャスティンが彼女の条件を受け入れてからの話だったが。

フロント係が両開きの木製の厚いドアを開ける。セレナはおなかに手を当てて気持ちを落ち着かせた。ふたりが中に入ると、黒檀《こくたん》の机に向かっていたブルネットの中年女性が問いかけるような表情で顔を上げた。

「マクレガーさまがお着きになりました」

「ええ、話は聞いてるわ。ありがとう、スティーブン」ケイトは笑顔でうなずいた。フロント係が下がると、セレナを見つめてケイトが続ける。「少々お待ちください、マクレガーさま。今お取り次ぎいたしますから」

ケイトはセレナの全身に視線を走らせながらインターホンに手を伸ばした。セレナはブロンドの髪を二本の象牙《ぞうげ》のくしで留め、淡い紫色のシルクのツーピースを身にまとっていた。

「マクレガーさんがお見えですよ、ジャスティン。……ええ、わかりました」ケイトはインターホンから手を離してセレナに笑顔を向けた。「どうぞ、マクレガーさん。そこのドアからお入りください」

「ありがとう。ええと……」

「ウォーレス、ケイト・ウォーレスです」

「ありがとう、ウォーレスさん」セレナはぎこちない笑みを浮かべてドアに向かった。呼吸を整えてから、ゆっくりとドアを開ける。

「やあ！」ジャスティンが机に向かったまま声をかけた。一週間待ちに待ったことなど、すでに彼の頭から消え去っていた。

「こんにちは、ジャスティン」セレナは彼が握手を求めてこないことを祈った。彼女の手はじっとりと汗ばんでいた。「すてきなホテルね」

「ありがとう。まあ、掛けたら」ジャスティンは机の前のひじ掛け椅子を指さした。「コーヒーか何か飲むかい？」

「いいえ、けっこうよ」セレナはほほ笑みを浮かべてバックスキンのシックなひじ掛け椅子に腰を下ろした。

ジャスティンは軽くまゆを上げ、しばらく黙ってセレナの顔を見つめていた。「で、空の旅はどうだった？」

「車で来たの」気持ちを落ち着かせるために、セレナはわざと明るい口調で答えた。「この一年間まったくハンドルを握っていなかったから、どうしても運転したくなっちゃって」

「家族のみなさんは？」

「元気よ。アランとケインにはまだ会っていないけど」セレナはいたずらっぽい笑いを浮かべた。「父なんか、いやになるくらい元気いっぱいだわ」

「ということは、ダニエルはまだ生きているんだね？」

「その代わり、きついおしおきをしておいたわ」セレナは真っ二つに折った葉巻を思い浮かべてにやにやした。

「陸上生活にはもう慣れたかい?」ジャスティンはじっとセレナの唇に視線を注いだ。口紅を塗っていない彼女の唇は、かすかに湿り気を帯びて光っていた。

「ええ。でも、何もしないでいるのにはそろそろ飽きてきたわ」セレナはあっさりいって、両手の指を組み合わせた。「だから、こうして話し合いに来たのよ」

「マネージャーのポストはまだ空けてあるよ」セレナの唇から目に視線を移してジャスティンがいった。「確かにここの仕事はきついけど、船のカジノほどじゃないと思う。原則的には夕方の五時までフリーだし、私用などで夜どうしてもカジノに出られないときは、きみの裁量でだれかに交替してもらってかまわない。帳簿つけやディーラーたちへの指示、お得意さんの接待といったことがきみの仕事になるけど、何もすることがないときには、受付の隣にあるマネージャー室でカジノ内を監視してればいい。モニターがあるし、これと同じものも備え付けてあるから」ジャスティンはマジックミラーのボタンを押した。マホガニー材のパネルがスライドし、窓のようなマジックミラーからカジノ内のようすが丸見えになっている。セレナは息をのんで、その無声映画《トーキー》のような光景を見つめた。

「アシスタントも付けてあげるつもりだよ」ジャスティンが続ける。「有能で頼りになる男だけど、決断力がちょっとね。それから、きみの部屋だけど、住み込みでやってもらいたいからスイートルームを一つ、きみ専用に確保してある。だから、僕がここにいないときには、カジノ内のことは全部きみが自分の判断で処理してくれてかまわない。といっても、僕が決めた基本方針を曲げてもらっては困るけどね」

「それはわかるわ」両手の指をしっかりと組み合わせたままセレナがいった。「でも、わたしがきょうここに来たのは、ここのカジノのマネージャーになるためじゃなくて、ここのホテルの……共同経営者になるためなの」

ジャスティンは目を大きく見開いて、椅子の背にゆったりと体を預けた。まるで考え込むかのように。けれども彼の場合、それは行動に移る前の身構えのようなものだった。

「共同経営者だって？」ジャスティンが不気味なほど穏やかな声でき返した。

「ええ」セレナはおなかに力を込めてはっきりと答えた。「アトランティックシティのカジノホテル〈コマンチ〉のね」

「僕が必要としているのはマネージャーで、共同経営者なんかじゃないよ」

「でも、わたしは雇われマネージャーなんかに興味はないし、生活のために仕事を探しているわけでもないわ」セレナはジャスティンの目をしっかりと見据えた。「幸い、わたしには働かなくても食べていけるだけの財産があるし、同じ働くならもっと刺激的で全力を出して挑戦できるような仕事がしたいのよ」

「だけど、きみはホテルのカジノで働きたいといってたじゃないか」

「そんなこと、いった覚えはないわ」セレナはにっこりほほ笑んだ。「カジノホテルに興味があるようなことはいったかもしれないけど。だって、わたしは自分で経営することしか考えてなかったもの」

「自分で経営する?」ジャスティンはせせら笑った。「きみはカジノホテルがどんなものか知ってるのか?」

「そのつもりよ」セレナはきっぱりと答えると、客船のカジノの体験談をまじえながら自信たっぷりに講釈を始めた。カジノの運営に関することだけでなく、カジノホテルのシステムの分析からディーラーたちの心理の機微に至るまで。

ジャスティンは黙ってセレナの話を聞いていたが、彼女の自信に満ちた口調や決意を秘めたまなざしを目のあたりにしているうちに、しだいに考えが変わっていった。セレナほどの気迫と意欲と財力の持ち主ならば案外やれるかもしれない、と。

「しかし」セレナが話を終えると、ジャスティンは静かに口を開いた。「どうして僕に共同経営者が必要なんだい?」

セレナは立ち上がってマジックミラーの前に歩いていき、ガラスを指で軽くはじいた。

「五番テーブルのディーラー、見える?」

ジャスティンも立ち上がり、興味深げな顔でセレナの隣に並んだ。「ああ。それが何か?」

「彼女の手さばきはすばらしいわ。早くて確実で。きっと自分のリズムを持ってるのね。

彼女のような腕のいいディーラーを平日のしかもこんな時間帯に立たせるなんて、どうかしてると思うわ。もっと忙しいときにこそ、彼女のようなディーラーが必要なのに。それから、ふたつのサイコロを使うゲーム《クラップス》のテーブルのゲーム進行補佐だけど、彼は死ぬほど退屈してるわ。わたしだったら、彼に活を入れに行くわね」

「実は、僕もそう思っていたところだ」

セレナはにやっと笑ってジャスティンを見上げた。「ただし、プライドを傷つけるような叱《しか》りかたはだめよ、逆効果になるから。それはともかくとして、ここはカジノホテルなんだから、カジノの従業員もホテルの従業員のように立ち居振る舞いがぴしっとしてなきゃだめだと思うわ」

「なかなかいいことをいうね」にやにやしながらジャスティンがいった。「ますますきみが欲しくなったよ。共同経営者じゃなく、マネージャーとしてね」

セレナはマジックミラーに背を向けた。「じゃ、きくけど、あなたはラスベガスやヨーロッパに出かけている間、だれかに経営を任せてるの? カジノだけじゃなくてホテル全体の」ジャスティンが首を横に振ると、セレナは勢いづいて続けた。「はっきりいって、それじゃだめだと思うわ。実は少し調べさせてもらったんだけど、もしブレード・エンタープライズが今の成長率を維持していきたいのなら、だれかと仕事を分担しないとだめみたいね。横ばいか下降でもいいというのなら話は別だけど、そうじゃないんでしょう?

じゃなければ、マルタ島への進出なんて計画しないでしょうから」

ジャスティンはあきれ顔でセレナを見つめ、さりげなくいった。「よく調べたな」

「わたしたちスコットランド人というのは、無謀なかけは絶対しないことになってるの」

セレナは澄ました顔で話を進めた。「とにかく、わたしはあなたに雇われるつもりはまったくないわ。利益を折半するためにわたしがカジノの経営を担当し、必要に応じてホテルの経営にも手を貸す、というのが理想的だわ」

「利益を折半……か」

「だから共同経営者よ、ジャスティン」セレナは彼の瞳を見据えた。「この条件をのんでもらえないのなら、今回の話はなかったことにしてもらうわ」

緊迫した沈黙がふたりを包み込み、セレナは息をするのもやっとだった。もしジャスティンが首を横に振れば、元も子もなくなってしまう。けれども、ここで譲歩することはセレナにとって勝負の放棄を意味していた。なぜなら、恋心を抱きながら彼の下で手腕を発揮するなんてできるはずがなかったからだ。

「返事は今すぐでなくてもいいわ」平静を装ってセレナが口を開いた。「せっかくだから、町をぶらぶらしながらほかのカジノホテルものぞいてみたいから」

セレナがマジックミラーの前から離れようとすると、ジャスティンは腕をつかんで彼女の体をゆっくりと自分のほうに向けさせた。セレナはジャスティンの顔つきから、彼がすでに腹を決めていると直感した。そしてかたずをのんで彼の返答を待った。

「最初の一年間は」ジャスティンがおもむろに口を開いた。「業績がふるわなければ、いつでもきみの経営権を買い取るつもりだがそれでもいいかい?」

セレナは歓声を上げたい気持ちを懸命に抑え、肩をすくめてそっけなく答えた。「いいわよ」

「それじゃ、さっそく顧問弁護士に頼んで契約書を作ってもらうけど、まず実験的に少し働いてみたらどうかな?」ジャスティンはマジックミラーのほうをあごでしゃくった。「一週間もすれば気が変わると思うよ」

「わたしの決心は変わらないわ、ジャスティン。わたしは一度決めたことは変えない主義なの」ふたりの目が合い、セレナが片手を差し出す。「じゃ、よろしくね」

ジャスティンはセレナの手を見つめてから、ゆっくりとその手を握った。

「こちらこそよろしく、セレナ」彼女の手を唇に持っていきながらジャスティンがささやく。「この契約がふたりにとって幸多きものでありますように」

「着替えてくるわ」セレナは彼にキスされた手を静かに引っ込めた。「さっそく今夜からカジノで働いてみたいから」

「あしたからでも十分だよ」

「わたしは時間をむだにしたくないの」セレナがぴしゃりといった。「カジノのみんなに紹介してくれるわね」

「もちろんだとも」

「じゃ、一時間ほど時間をちょうだい。荷物の整理と着替えをすませてくるから」セレナはあっけに取られているジャスティンを残し、ドアに向かった。

「セレナ」彼女がドアのノブに手をかけたとき、ジャスティンが声をかけた。「ほかにもまだ話があるんじゃなかったっけ？」

セレナはぎくっとして振り返った。ドアのノブを握っている手が、来たときと同じようにじっとりと汗ばんでいる。

「そうかもしれないけど」穏やかな口調でセレナがいった。「まず仕事が先決でしょう？ほかのことは、それからでも遅くないと思うわ」

ジャスティンはゆっくりとセレナに近づいた。彼女の上着の襟を整えながら、ささやくようにいう。「世の中には仕事よりもっとたいせつなことだってあるはずだよ。僕たちはそれがわからないほどばかじゃないだろう？」

セレナは急にのどが渇いてきた。心臓が激しく打っている。「ばかかどうか、そのうちわかるんじゃなくって？」

「たぶんね」ジャスティンは口もとをほころばせて彼女の上着から手を離した。「じゃ、一時間後にまたここに来てくれ」

それが並みの仕事でないことにセレナが気づいたのは、カジノで働き始めてまもなくのことだった。仕事のきつさはセレブレーション号の場合と少しも変わりなかった。精神的にはこちらのほうがきついかもしれない。けれども先行きの不安などはまったく感じなかった。それどころか、混雑しているカジノの中を見渡していると胸がわくわくしてきたし、ゲーム進行補佐が持ってくる換金伝票に自分の名まえをサインするときには、胸の高鳴りさえ覚えたほどだった。

とはいうものの、セレナの手腕でカジノが円滑に運営されるようになるには、少し時間がかかりそうだった。なぜなら、ジャスティンがセレナを従業員たちに紹介したとき、彼らは皆一様にセレナをうさん臭そうに見ていたからだ。中には、あけすけに冷笑を浮かべる者さえいた。セレナは気を引き締めて自分にいい聞かせた。たとえジャスティンとの間にどんなことが起きようとも、カジノにいるときにはつねに自信に満ちた毅然《きぜん》とした態度でいよう、と。

アシスタントのネロは口数の少ない黒人の大男で、ジャスティンから共同経営者としてセレナにカジノを任せると告げられても、気のないようすで肩をすくめただけだった。もともとジャスティンの用心棒だったが、セレナがジャスティンから聞いたところによれば、忠実で信頼の置ける男らしかった。そのネロですらカジノのシステムをことば少なにセレナに説明したあと、お手並み拝見とばかり彼女の後ろに立って動こうとしない。セレナはひそかに思った。この人もひと筋なわではいきそうにないわね。

ブラックジャックのディーラーのひとりがセレナに合図を送った。彼女は背筋を伸ばし、堂々とした足取りでそのテーブルに向かった。ひとりの男性客がゲーム進行補佐に食ってかかっていて、辺りに険悪なムードが漂っている。

「失礼します」落ち着いた声でセレナがそのテーブルの客たちにあいさつした。それからゲーム進行補佐のほうを向いて穏やかに問いただす。「何があったの？」

「ここは女の出る幕じゃねえよ」問題の客がセレナに絡んだ。「けがをしないうちに、とっとと消えな」

セレナはほほ笑みをたたえてその客を見つめ、平然とことばを返した。「わたくしはこのカジノのオーナーです」

男は鼻で笑い身を乗り出した。

「ふざけるんじゃねえよ、お嬢さん。おれはちゃんと知ってるんだぜ。インディアン野郎がここのオーナーだってことをな！」

「彼はわたくしの共同経営者です」相変わらずほほ笑みをたたえたままでセレナがいった。ネロが影のように彼女の後ろに控えている。セレナは背後のネロの気配に安心して、静かに続けた。「何かご不満がおありでしたら、わたくしが――」

「ご不満もくそもあるかってんだ！　いったい今夜おれがどれだけつぎ込んだと思ってるんだ。おれが大金を巻き上げられたってことはみんな知ってるぜ。ほら、きいてみろよ」

けれども、そのテーブルのほかの客たちは男の視線を避けて、うつむいたりそっぽを向いたりしている。

「それで、わたくしどもにどうしろとおっしゃりたいのですか？」セレナの口調はあくまでも穏やかだ。

「巻き上げられた大金を取り戻したいから、かけ金を上げろといってるんだ」男はからのグラスを持って、それでゲーム進行補佐を指し示した。「それをこのくそ野郎が――」

「失礼ですが、お客さま」セレナは男の言葉を遮って進行補佐にちらっと目をやった。彼は顔中に怒りをあらわにして、その客をにらみつけていた。「わたくしどものカジノでは、ディーラーにも進行補佐にも、かけ金の限度枠を変更する権限を与えていないのです」

「じゃあ、おれはどうすればいいんだ。こんなけち臭い勝負をちんたら続けろっていうのか？」

「いいえ」セレナはきっぱりといった。「わたくしにはその権限がありますから、もしどうしてもとおっしゃるのでしたら、変えてさしあげます。で、どのくらいまでご希望なのですか？」

男は一瞬ぽかんとしたが、すぐに気を取り戻してまず飲み物のお代わりを催促した。そして、もったいぶったしぐさで片手を上げた。「ま、五千ってところだな」

「かしこまりました。ネロ、このお客さまにチップをお渡ししてちょうだい」セレナは男を見据えたままでネロに声をかけると、にっこりとほほ笑んだ。「それではお客さまに限り、かけ金は五千ドルまでとさせていただきます。ミスター……」

「カーソン、ミック・カーソンだ」男は得意げに名まえをいってにやにや笑った。

「でももしこれでお負けになったら、今夜のところはおとなしくお引き取り願えますわね、カーソンさま？」

「ああ、いいとも」男はにやけた顔でセレナのルビー色のドレスを眺め回した。「その代わりといっちゃあなんだが、もしおれが勝ったら少しバーに付き合ってくれるかい、お嬢さん？」

「勝つ見込みがおありですの、カーソンさま？」セレナはにっこり笑った。

男はへらへら笑いながら、ネロが手渡したクリップボードの伝票にサインしてチップを受け取った。

「ちょっと待った」セレナがテーブルを離れかけると男が彼女を引き止めた。「あんたがディーラーをやれよ」

セレナはそのテーブルの女性ディーラーに目くばせして、無言のまま彼女と交替した。

そのときセレナは離れた所に立っているジャスティンに気づいて、思わずそっちへ顔を向けた。彼は先ほどからそこに立っていたらしく、無表情は顔でなりゆきを見守っていた。

セレナは急に胸がどきどきしてきた。彼女の判断と行動をジャスティンが見ているかと思うと、内心気が気でなかった。けれども、彼女は極力平静を装って新しいカードの封を切った。カードを手にすると自然に心が落ち着いてくる。負ける気はまったくしなかった。

「始めてよろしいですか?」セレナはテーブルのほかの客たちを見渡した。が、カーソン以外の客はすごすごとテーブルを離れ、セレナたちを遠巻きにしている。

「どうやら差しのようだな」カーソンが不敵な笑いを浮かべる。彼は五千ドル分のチップをテーブルの中央に押し出した。「さあ、配れよ」

セレナは静かにカードを配り始めた。カーソンのほうに七と二のカードが並び、セレナの裏向きのカードに九のカードが重なる。彼女は慣れた手つきで裏向きのカードを確かめた。三だ。彼女の手札の合計は十二。

「ヒット」カーソンがカードを請求した。セレナが配る。ダイヤのクイーン。これで彼の手札の合計は十九。カーソンはにやにやしながらグラスのウイスキーを一気にあおって、威勢のいい声でスタンドを宣言した。

「十九でスタンドですね?」セレナは無表情な顔で事務的にいって、裏向きのカードを引っくり返した。

「十二」彼女はそういって、カードを一枚引いた。三だ。「十五」

セレナはさらにもう一枚引いた。五。彼女はそのカードを手札に加えて、静かに残りのカードの山をテーブルの上に置いた。

「二十。勝負あったようですわね、カーソンさま」セレナは落ち着いた声で引導を渡して彼の目をじっと見据えた。

カーソンは黙って椅子から立ち上がると、そのまま伝票をつかんでキャッシャーのほうに歩いていった。

「ご迷惑をおかけして、まことにすみませんでした」セレナはかたずをのんで見守っていた客たちに笑顔で声をかけた。ディーラーにちらっと目くばせして、ゆっくりとテーブルから離れていく。

「やりましたね、マクレガーさん」彼女とすれ違いざまにネロがぼそりと声をかけた。

セレナは足を止めて彼に笑顔を向けた。「ありがとう、ネロ。でも、これからはレナと呼んでね」

そして彼女はジャスティンのもとに行き、やっと人心地がついたように顔をほころばせた。

「あんなものでよかったかしら？」

「上できだよ。初日にしてはね」セレナの髪に指を触れながらジャスティンが答えた。

「やはり僕の目に狂いはなかった」

「もしわたしが負けていたら?」

ジャスティンは肩をすくめて淡々といった。「あの男が勝ったという事実が残るだけさ。きみの判断は正しかったんだよ、セレナ。へたをすれば大もんちゃくが起きるところだったのに、よくあそこまでやれたものだ。まったく、きみはすごい人だよ、セレナ・マクレガー」

「不思議だわ」セレナがささやいた。「あなたにそういわれると、すなおに喜びたくなるもの」

「きっと疲れているのさ」ジャスティンはちゃめっけたっぷりにセレナを見つめた。彼女の目の下を指で軽くなぞりながら優しく言葉を続ける。「だいじょうぶかい?」

「たぶん」セレナは目を細めてジャスティンの顔を見つめた。「ところで、今何時?」

「もうじき四時かな」

「どうりで体が重いと思ったわ」セレナはため息混じりにいった。「こんな調子では先が思いやられるわね。昼と夜の区別もつかなくなってるし」

「きみならやっていけるさ」ジャスティンはセレナの背中に手を当てて、彼女をカジノの外に連れ出した。「きょうはもういいから、早めの朝食でもどう?」

「ううーん」

「つまり、腹ぺこだということだね?」

「どちらかというと、眠気のほうが勝ってるみたいだけど」そういってから、セレナはふたりが彼のオフィスに向かっているのに気づくとまゆをしかめた。「レストランじゃなくて、あなたのオフィスで朝食？」

「いや、僕の部屋でだよ」

「ちょっと待って」セレナは足を止めてジャスティンを見上げた。「あなたの部屋で何を食べようっていうの？　ハンバーガー？　わたしはレストランのほうがいいわ。それに、夜明け前のレストランで朝食だなんて、すてきだと思わない？」

「じゃ、こうしよう」ジャスティンはズボンのポケットに片手を突っ込んだ。

「ジャスティン――」

「表が出たら僕の部屋だ。裏だったらレストラン。いいかい？」

セレナがあきれ顔でジャスティンを見つめていると、彼は、ポケットから取り出したコインを指ですばやく跳ね上げた。手の甲でコインを受けて、セレナに見せる。表だ。

「ちょっとそのコインを見せてくれる？　まさか、両面とも表じゃないでしょうね」セレナは不信そうにコインを手に取った。入念に表と裏を確かめる。別に変わったところはなさそうだ。彼女は観念したようにため息をついた。

「気がすんだかい？」からかうようにジャスティンがいった。「じゃ、オフィスの専用エレベーターで部屋に上がって、ハンバーガーでも食べるとしますかな？」

8

「いいこと、ジャスティン？　いつかきっとぎゃふんといわせてやるから」エレベーターに乗り込みながらセレナがいった。周りを見回して不思議そうに続ける。「でも、オフィスにこんなエレベーターがあったなんて、ちっとも気がつかなかったわ」

ジャスティンはドアを閉めてボタンを押した。かすかに音を立てて、エレベーターがゆっくりと上がっていく。

「非常用さ」ジャスティンがいった。「何かとぶっそうだからね」

「お客さんがオフィスに押しかけてきたりすることなんてあるの？」ためらいがちにセレナがきいた。

「昔はそんなことはめったになかったけど、最近は人の心もすさんできたのか、けっこうあるね」いかにも残念そうにジャスティンが答えた。「船の場合も同じじゃなかったのかい？　だから、きみは人が寝静まったころにデッキに出てたんだろう？」

セレナは肩をすくめた。「ここにはデッキはないし、せいぜい油断しないように気をつけるわ」

エレベーターが最上階に着いてドアが開く。セレナは思わず息をのんだ。

「ジャスティン、なんてすてきなの!」セレナは部屋の中に足を踏み入れながら感嘆の声を上げた。

広々とした板張りのフロアに鮮やかな藍《あい》色のソファがコの字型に並べられ、テーブルのランプが緑色のかさを通して柔らかい光を放っている。壁には美しいパステル画が数点掛けてあり、部屋全体がまるで色彩の花園のようだった。

「ここがホテルの一室だなんて、信じられないわ」セレナはサイドボードに置いてある鷹《たか》の剥製《はくせい》におそるおそる手を伸ばした。

ジャスティンはセレナのようすを眺めながら奇妙な感慨にふけっていた。彼女がこの部屋に来たのは初めてだというのに、まるで昔からそこにいるかのようにその姿は部屋の中にしっくりと溶け込んでいるのだ。違和感などまったくなかった。それどころか、足りなかったものがやっとそろったような、そんな気さえした。

「わたしの部屋もこんなふうに変えてみようかしら」セレナはうっとりと部屋の中を見回した。「今はまだただのスイートルームだけど、うちからライティングデスクとかが届いたら、少しくふうしてみたいわ」

ジャスティンは黙ってセレナを見つめていた。彼の視線に気づいて、彼女は慌てて目をそらした。

「で、窓からは何が見えるの?」

セレナはそわそわと窓のほうに歩いていった。そして、窓の手前に広がる一段高くなっているフロアに足をかけたとき、彼女はそこのテーブルに朝食がすでに用意されているのに初めて気がついた。覆いを取ると、メキシカンオムレツとベーコンスライスとコーンマフィンが姿を現した。銀のポットのふたを取る。コーヒーの香りが辺りに漂い、シャンパンまで冷やしてある。

「ハンバーガーだなんて、よくも人をからかってくれたわね」セレナはテーブルの上の花瓶からつぼみの薔薇《ばら》を一本抜き取って、ジャスティンに投げつけるまねをした。

「それはきみがいいだしたことじゃないか」ジャスティンはにこにこしながらテーブルに近づいた。

「わたしはただ――」セレナは接近してくるジャスティンから目をそらした。つぼみの薔薇を元に戻してさりげなく話題を変えた。「でも、いつのまにこんな用意を?」

「きみを誘いにカジノに入っていく前さ」ジャスティンはクーラーからシャンパンを引き抜いてナプキンでボトルをふいた。「だけど、まだそんなに冷えてないと思うよ。なにしろ、あのトラブルをきみはあっというまに片づけてしまったんだから」

「万事めでたしめでたしってわけね」セレナは自分で椅子を引いて、さっさとテーブルについた。眠気はすでに食欲に吹き飛ばされていた。「それにしても、朝食にシャンパンとは――」

「気が利くだろう？」ジャスティンは二つのグラスにシャンパンをついだ。

セレナが口を開きかけると、ジャスティンはすかさずグラスを彼女に渡してテーブルについた。

「ま、乾杯しようじゃないか」ジャスティンはグラスを掲げた。「ようこそ〈コマンチ〉へ！」

グラスをかちりと合わせたあと、ふたりはゆっくりとシャンパンを口に含んだ。

「ふうっ、おなかにしみわたるようだわ。でも、おいしい！」セレナはグラスを置いてオムレツに取りかかった。ひと口ほおばって、満足そうに目を細める。「それに、このオムレツも最高だわ」

「あとでシェフにそう伝えておくよ」

「でも」二切れ目のオムレツを食べ終わったあとセレナがおもむろに口を開いた。「あなたってほんとうに不思議な人ね。船のカジノで出会ってから意外なことばかりだもの。あなたの仕事のことだって、わたしの予想はみごとに外れてしまったし」

ジャスティンはマフィンを二つに割りながらセレナに視線を注いだ。「きみは僕がなんだと思ったの？」

「さすらいのギャンブラー」セレナはシャンパンをひと口飲んだ。「正直いって、こんなすてきなホテルを五つも持ってるだなんて夢にも思わなかったわ」

「で？」ジャスティンは口の中のマフィンをシャンパンでのみ下した。

「あなたはとてもおもしろい人だと思うわ。繊細さと大胆さを兼ね備えていて、厳しくて――」セレナは再び薔薇のつぼみを花瓶から抜き取った。「そして、優しい」

「まさか」ジャスティンはセレナのグラスにシャンパンをつぎ足した。

「まさかって？」

「優しいってことさ」

「どうして？」セレナは薔薇を花瓶に戻した。

「今まで、優しいなんていわれたことは一度もなかったから」

「そう……」セレナはグラスを手に持って淡い琥珀《こはく》色の液体をじっと見つめた。「でもそれは、厳しさばかりが前面に出ていたからじゃないかしら」

「それならきみだって、気の強さばかりが前面に出ているようだけど……」ジャスティンはグラスを持っているセレナの手を両手でそっと包み込んだ。「意外と傷つきやすいんじゃないかな？」

セレナはびくっと顔を上げて、強い口調でいった。「そんなこと、あるわけないでしょう？」

「いいや」ジャスティンは指先でセレナの手をなで始めた。「その証拠に、ちょっと触っただけでも、こんなに敏感に反応しているじゃないか」

セレナは手を引いてグラスをテーブルに置いた。「わたし、もう行くわ」

セレナが立ち上がると同時にジャスティンも腰を上げ、ふたりは黙って見つめ合った。

ジャスティンがゆっくりと彼女に近づいていく。

「実をいうとね、セレナ」ジャスティンは彼女の肩に手を載せてささやいた。「僕はきみが到着する前に誓いを立てておいたんだ。仕事の話が決まったら、その日の晩のうちに必ずきみをものにするとね」セレナが顔を伏せて黙り込んでいると、ジャスティンがさらに続けた。「夜明けまでにはまだ一時間あるから、僕は誓いを破らなくてすみそうだ。違うかい？」

「ジャスティン……」セレナはおずおずと顔を上げて彼のグリーンの瞳を見つめた。「わたしにもその気がないとはいわないわ。でも、この次にしたほうが賢明じゃないこと？」

「そうかもしれない。だけど――」ジャスティンはいきなりセレナを抱きすくめた。「もう遅いのさ」

ジャスティンの唇が激しくセレナの唇に重ねられ、彼女はおざなりの抵抗をしたあと、むさぼるように彼のキスに応《こた》えた。心の隅に無理に押し込めていたものが、一気に解き放たれていくようだった。セレナは無我夢中でジャスティンの背中に腕を回し、彼の体の量感を全身で感じ取った。

もう戻れなかった。戻るつもりもなかった。セレナはジャスティンの熱烈な抱擁を受けながら、もうろうとした頭で自分に問いかけた。わたしはこうなることを期待していたの？

「僕はこの二週間、きみのことばかり考えていたんだ」かすれた声でジャスティンがささやいた。「ほかの女性には目もくれずにね」

耳にジャスティンの息がかかり、セレナは思わず声を上げた。「ああ、ジャスティン……」

「さあ、ベッドに行こう、セレナ。もう待てないよ」

セレナが目で承諾の合図を送ると、ジャスティンは彼女の体を軽々と抱き上げて寝室に運んでいく。寝室は真っ暗で、しんと静まり返っていた。彼女をベッドのわきに立たせたジャスティンが、マッチでナイトテーブルのキャンドルに火をともす。彼の顔がキャンドルの明かりで映らし出され、壁に映った彼の影が炎と共に揺れた。

「僕はきみの体をこの目でしっかり見ておきたいんだ」ジャスティンはセレナをキャンドルの近くに連れていった。「震えているのかい？」

「たぶん」かぼそい声でセレナが答えた。「だって、ひんやりしているんですもの」

「そうじゃないな」ジャスティンがセレナの髪を優しくなで始める。セレナはおびえたよ

しゃぶりついていった。

うに小刻みに震えていた。しわがれ声でジャスティンが繰り返す。「そうじゃないはずだ」

セレナはもう、どうしたらいいのかわからなかった。ひざががくがくしてこれ以上立っていられそうにない。再び熱く唇を重ねられると、彼女は助けを求めるように彼の体にむしゃぶりついていった。

ジャスティンはじらすような手つきでゆっくりとドレスのジッパーを下ろした。ルビー色のシルクのドレスがさらさらと音を立ててセレナの足もとに落ち、下着姿になった彼女は思わず胸の前で腕を交差させた。ジャスティンはしばらくセレナの全身を見つめてから、荒々しく彼女を抱き上げてベッドの上に下ろした。そして、狂暴なまでの欲望の高まりを感じながら自分の服を脱ぎ捨てて、セレナの薄いレースの下着をむしり取った。

セレナの胸のふくらみが、ジャスティンに愛撫《あいぶ》されて固く隆起していく。彼は唇と手のひらでセレナの体をくまなく愛撫し続けた。ジャスティンの荒い息づかいとセレナの嗚咽《おえつ》が静かな室内に広がり、熱気がふたりを包み込んだ。

セレナは体をのけぞらせて、責め苦のようなジャスティンの愛撫に耐えていた。かつて経験したことがないほどの快楽のうねりがセレナを襲い、彼女は何度か獣の咆哮《ほうこう》のようなあえぎ声を上げた。が、それでもまだジャスティンは体を重ねようとはしなかった。彼はセレナの体の敏感な部分を探し当て、まるで楽しむかのように彼女をじらし続けた。

「ジャスティン……お願い……」セレナが切れ切れにささやいた。その体は、彼を求めてとろけそうなほど熱く燃えていた。

けれども、ジャスティンは胸を合わせて彼女のあごやのどもとに唇をはわすばかりだった。セレナは腰を彼の体に押しつけながら、顔をゆがめてすすり泣きにも似たあえぎ声を漏らし始めた。ふたりの体は汗ばみ、ジャスティンの息づかいがいっそう荒くなっていく。

「セレナ」息を弾ませながら、ジャスティンがしわがれ声でいった。「目を開けて僕を見るんだ」

セレナがまぶたを開き、うつろなまなざしを彼に向ける。

「きみは僕のものだ」彼女の体に腰を強く押しつけてジャスティンがほえるようにいった。「もう、あと戻りはできないからな」

「あなたもね」震える声でセレナがいい返した。

ジャスティンは燃えるような目で彼女を見つめた。セレナはまぶたを閉じて彼を思い切り抱き締めた。ジャスティンが体を離す。と、次の瞬間彼はセレナの中に深々と侵入していた。悲鳴にも似たセレナの歓喜の声が室内を満たし、その後ふたりは狂ったように悦楽の坂道を一気に上りつめた――。

セレナがゆっくり目を開けたとき、部屋にはブラインドを通して金色の日の光が差し込んでいた。ジャスティンは彼女の体の上で軽やかな寝息を立てている。セレナはいとおしむように彼の黒い髪をなでた。ジャスティンが目を覚まし、セレナの耳たぶや首すじに羽毛のようなキスの雨を降らせる。満ち足りた気分が全身に広がり、彼女は目にうっすらと涙を浮かべた。

セレナの隣に体を移したジャスティンが、彼女の体を抱き寄せて唇に優しくキスをする。彼はセレナの瞳を見つめてささやくようにいった。「いっしょにいてくれ、セレナ」

「ええ」セレナは体をすり寄せながらささやき返した。「いるわ」

「いっしょに暮らしてほしいんだ」ジャスティンは彼女のあごに指を当てて顔を上げさせた。「ここで、僕と。従業員たちになんだかんだとうわさされるかもしれないけど、そんなのは問題じゃない」

セレナはジャスティンの肩にほおを寄せた。「あなたとダニエル・マクレガーの娘が組んだとわかったら、従業員たちのうわさ話だけですむかしら」

「すまないだろうな」少しこわばった表情でジャスティンが答えた。「たぶんゴシップ新聞あたりが興味本位にスキャンダラスな記事を載せて、僕たちをさらし者にするだろうな」

「ジャスティン……」セレナは彼の胸に指をはわせた。「あなたはわたしにいっしょに暮らそうといってるの？　それとも、そんなことは避けたいといってるの？」

長い沈黙の後、ジャスティンがぽつんといった。「両方だ」

「そう……」セレナは彼の首筋に唇をはわせた。「じゃ、わたしもよく考えてみることにするわ。どちらがいいかをね」

「きみの損にならないよう、賢明な判断を望んでいるよ」ジャスティンがセレナの腰に手を伸ばす。

セレナは彼の耳に息を吹きかけるように、そっとささやいた。「こう見えても、大学時代わたしは弁論部のキャプテンだったのよ。知ってた？」

「いや」ジャスティンは気持ちよさそうに目を閉じた。

「一つのテーマについて、あらゆる角度から検討を加えて筋の通った結論を導き出す。わたしはそれが得意だったの。で、今度の場合……」セレナは彼のわき腹をまさぐりながらのどもとに口を押しつけた。「あなたといっしょに暮らすと、いろんな意味で不都合が多くなるのは確かだと思うわ」

ジャスティンはセレナの腰をきつく抱き寄せた。「セレナ――」

「最後まで聞いて」セレナは彼の口を手でふさぎ、音を立てて彼の胸にキスをした。「プライバシーが侵害されるとか、安眠が妨害されるとか、そんなことだけじゃなくて、従業員たちの信頼を失うはめにもなりかねないのよ」

ジャスティンの愛撫の応酬が始まり、セレナの体が敏感に反応していく。彼女はしだいに妖《あや》しい気分になってきた。頭がはっきりしているうちに結論をいっておかなければ。

「だから、いっしょに暮らすのは無理だと思うわ」早口になっていった。「よけいなことに気をつかってばかりで、おちおち仕事もしていられないと思うもの」

ジャスティンはセレナの瞳を見つめたまま、執拗《しつよう》に巧妙な愛撫を続けた。セレナの体が熱く燃え始め、彼女は弱々しい笑みを浮かべた。

「それでもどうしてもというのなら」かすれた声でセレナがいった。「ちゃんとその理由を聞かせて」

ジャスティンは荒々しい手つきでセレナの髪をつかんだ。「きみが欲しいからだ」

「つまり？」セレナはあごを突き出して、挑発的なまなざしでジャスティンを見つめた。

まるで獲物に襲いかかるように、ジャスティンが乱暴にセレナに覆いかぶさっていく。彼は有無をいわせぬ勢いで彼女の中に入ると、苦しそうな彼女のうめき声を無視して激しく腰を動かし始めた。セレナのうめき声が徐々に歓喜のあえぎ声に変わっていき、手足が彼の体にしっかりと巻きつけられる。ジャスティンは心の中で何度も彼女の名まえを叫びながら、汗だくになって彼女を攻めたてた。

やがてジャスティンの体が小さく震え、彼はセレナの上でぐったりとなった。額から汗をしたたらせながら肩で大きく息をする。脱力感と満足感が全身に広がり、いつしか彼は眠りに落ちた。

その朝十時ごろ、ジャスティンは電話のベルで目を覚ました。むにゃむにゃいってセレナが寝返りを打つ。彼はそっと腕を伸ばして受話器を取った。

「はい」ジャスティンはセレナのほうをうかがいながら小声で答えた。セレナが目を覚ましたので、彼女の額に軽くキスをする。セレナはまばたきをしながら彼にほほ笑みかけた。が、そのときすでに彼の表情は険しく凍りついていた。「それはいつのことだ」張り詰めた声でジャスティンがいった。ただならぬ雰囲気にセレナがいぶかしげに上体を起こした。

「よし、わかった。すぐにオフィスから折り返し電話する」

ジャスティンがベッドから下りてクローゼットに向かうのを見て、セレナは不安そうに声をかけた。「何があったの？」

彼はクローゼットからジーンズと薄手のセーターを引ったくるように取り出した。「ラスベガスのホテルに爆弾がしかけられたんだ」

「まさか！」セレナは息をのんでジャスティンを見つめた。「ほんとうなの？」

「ああ」ジャスティンはもどかしげにジーンズをはきながら答えた。「ラスベガス時間で八時三十五分にセットしてあるらしい。時差が三時間だから、こっちの時計で十一時三十五分だ。犯人の要求は現金で二十五万ドル。今大急ぎでホテルから全員を避難させているところだ。時間がないから急がなければ」

「もちろん、要求には応じないんでしょう？」あわただしく下着を着けながらセレナがきいた。

着替えをすませたジャスティンは、じっとセレナを見つめていた。けれども、彼の目つきは刺すように鋭かった。

「そのつもりだ」ジャスティンはぶっきらぼうに答えて、大またで寝室から出ていった。

セレナはドレスを頭からかぶってジャスティンのあとを追った。「わたしもすぐ行くわ」

「きみにしてもらえることは何もないからいいよ」

エレベーターのドアが開き、セレナはジャスティンの腕をつかんだ。「あなたのそばにいたいの」

ジャスティンは険しい表情を少し緩めてセレナの額にキスをした。「じゃ、急いで着替えてオフィスに来てくれ」

そして彼はエレベーターに乗り込み、セレナにうなずくとドアを閉めた。

セレナがカジノの受付の前を小走りに過ぎて、ジャスティンのオフィスに駆け込んだのは、それから十分もたたないうちだった。部屋に入ると、机に着いて電話中のジャスティンが顔を上げた。が、彼は小さくうなずいただけで、厳しい表情をまったく崩さなかった。

秘書のケイトは青ざめた顔で机の横に立っている。

「あ、マクレガーさん」うわずった声を上げてケイトはセレナに近づいた。

「おはよう」緊張した面もちでセレナがいった。「で、いったいどういうことなの？」

「それが、だれかがラスベガスのホテルに時限爆弾をしかけたんです。なんでもリモートコントロールの爆弾らしくて。リモコン装置のスイッチを切らなければ自動的に――」ケイトは反射的に腕時計を見た。「今こちらが十時二十分だから……。あと一時間と十五分しかないわ。避難は着々と進んでいるし、警察の爆弾処理班がその爆弾を捜してはいるんですが、でも……」

「でも？」

「だって、あんな大きいホテルのどこを捜すっていうんです？」ケイトは声を震わせた。

「でしょう？」

セレナはそれには答えず、サイドボードからブランデーを取り出してグラスについだ。

「さあ、これでも飲んで気を落ち着けて」彼女はグラスをケイトに手渡した。

「どうもありがとう」ケイトはグラスのブランデーを一気にあおった。からのグラスを見つめてから、セレナに視線を戻す。「すみませんでした。実は、わたしの主人はベトナムで片方の腕をなくしたんです、敵がしかけた時限爆弾で……。だから、爆弾と聞くとつい取り乱してしまって……」

「そこに掛けましょう」セレナはグラスを受け取ってケイトをソファに座らせた。「わたしたちにできるのは、待つことしかないんだし」

「ジャスティンは要求には応じないみたいね」ひとり言のようにケイトがつぶやいた。

「ええ」セレナはグラスをテーブルに置きながら何げなく返事をした。だが、言外の意味に気づくと驚いた表情でケイトを見つめた。「あなたは、要求に応じたほうがいいと？」

ケイトは上体をかがめて髪を手ですいた。

「よくわからないわ。ただ、それでは失うものがあまりに大きすぎやしないかと思って……」

「要求に応じたら、もっと大きなものを失うことになると思うわ」セレナは踵《きびす》を返してジャスティンのそばに行った。電話中の彼の肩を軽くたたいて、椅子のわきに立つ。すると、ジャスティンはケイトが見ているにもかかわらず、空いているほうの手をわざわざ伸ばしてセレナの手をしっかりと握りしめた。

セレナの後ろ姿を目で追っていたケイトは、ボスの行動を目撃して意外そうに目を大きく見開いた。ジャスティンが自分から女性の手を求めるなんて、今までは考えられもしないことだった。

「地下の倉庫で爆発があったらしい」受話器に手を当ててジャスティンがセレナにいった。

「そんな……。で、けが人は？」

「いない。威力の小さな別の爆弾だったらしい。犯人から警察に電話があって、脅しじゃないことの証明に爆発させた、といってたそうだ。ラスベガス時間の八時十五分に現金の引き渡しを要求してきている」

ジャスティンが考え込むように口を閉ざし、セレナは彼の腕にそっと手を添えた。「何を考えているの？」

「どうも金目当てだけじゃないような気がする」手でふさいだ受話器を耳に当てたまま、ジャスティンが小声でいった。「ホテルに電話があったとき、その男は僕を出せといったそうだ。しかも名指しで」

セレナは一瞬顔を曇らせたが、すぐに気を取り直して声をかけた。「それは考えすぎじゃないかしら。〈コマンチ〉のオーナーがあなただってことを知ってる人は、ひとりやふたりじゃないんだもの」

「うん、どうだった？」ジャスティンが再び電話で話し始めた。「そうか。で、避難のほうは？　そうじゃなくて、僕は全員の避難が完了したかどうか、それをはっきり知りたいんだ。ああ、切らないで待ってる」

「コーヒーをいれてくるわ」セレナが小声でいった。

「そこにいて、わたしがいれるから」ケイトが立ち上がってセレナにほほ笑みかけた。

「あなたはボスのそばにいてあげて」

セレナはケイトにうなずきかけて、机の上の置時計に目をやった。十時四十五分。ということは、ラスベガスは今、七時四十五分……。彼女は唇を湿らせながらジャスティンの椅子の背を握りしめた。

ジャスティンも受話器を耳に当てたまま時計を見つめていた。あと一時間足らず……。

彼はしだいに落ち着かなくなってきた。ラスベガスの〈コマンチ〉は彼が初めて手に入れた財産であり、両親と死別後の初めての〝わが家〟でもあった。いってみれば、彼にとっては独立と成功と繁栄の象徴だったのだ。それがあと一時間足らずで瓦礫《がれき》の山と化そうとしている。しかも、指を食わえてそれを待っているしかないとは！

僕に対する個人的な恨み？　そんなばかな！　ジャスティンは頭を振って椅子の背に体を預けた。

「はったりに決まってるわ」椅子の後ろからセレナの力強い声が聞こえてきた。ジャスティンは急に気持ちが楽になったような気がした。体をよじって片手で彼女の体を椅子の横に引き寄せる。

「そうは思わないな」穏やかな口調でジャスティンがいった。

セレナは彼の手を両手で優しく包み込んだ。「でも、あなたの処置は正しいと思うわ、ジャスティン」

「ほかにどうしようもないしね」ジャスティンは受話器に耳を傾けた。しばらくしてセレナを見上げる。「避難が完了したらしい」

セレナは机の上の時計に再び視線を注いだ。ジャスティンも受話器をあごで挟んでじっと時計を見つめている。ケイトがコーヒーの用意をととのえて戻ってきた。が、彼女もまた、トレーを机の上に置いたままふたりと同じようにかたずをのんで時計に注目した。だれもコーヒーには手をつけようともしなかった。

刻一刻と時間が過ぎていく。セレナにはジャスティンの緊張の高まりが手に取るようにわかった。息苦しいほどの静寂が室内に満ち、それは時間がたつにつれてますます重く三人を包んでいった。

「そうか」静寂を突き破るようにジャスティンが声を上げた。「わかった。じゃ、できるだけ早くそちらに行く。ごくろうさん」彼は受話器を置いて、セレナのほうに顔を向けた。そして、ほっとした表情でいった。「爆弾が見つかったそうだ」

「よかったわねえ!」セレナは感極まってジャスティンの額におでこをこすりつけた。

「もし爆発していたら、カジノとホールは全滅だったらしい。ケイト、すぐ飛行機の手配をしてくれ。ラスベガス行きのいちばん早い便を頼む」

「ジャスティン」ケイトが出ていくと、椅子の背を握ってセレナが声をかけた。「犯人の心当たりはあるの?」

「いや」ジャスティンはこのとき初めて机の上のコーヒーに気づき、カップを持って冷めたコーヒーを一気に半分近く飲んだ。立ち上がってセレナの肩に手をかける。「二、三日で戻ってくるけど、あとのことはよろしく頼んだよ、セレナ。存分に腕をふるってみてくれ」

「任せておいて」セレナはつま先立ちになって彼の額にキスをした。「ホテルのほうもちゃんとめんどうを見ておいてあげるわ」

　ジャスティンはなごり惜しそうにセレナを抱き寄せた。「だけど、ほんとうは今きみと離れ離れになりたくないんだ」

「逃げも隠れもしないから安心して」セレナは彼の顔をそっと両手で挟んだ。「気をつけて行ってきてね」

　ジャスティンが顔を近づけた。「疲れただろう？　少し横になるかい？」

「せっかく早起きしたのに、もったいないわ」セレナは彼の目の妖しい輝きを無視して、わざと明るくいった。ジャスティンから少し離れてことばを続けた。「それに、わたしはそんなに暇じゃないのよ。ホテル内をひととおり見ておかなきゃならないし、厨房《ちゅうぼう》のようすも知っておく必要があるし、ほかにも、わたしのオフィスのファイルを使いやすいように整理したり、荷物をわたしたちの部屋に移しておくとか――」

「わたしたちの部屋？」ジャスティンはおうむ返しにいって満面に笑みを浮かべた。そしてセレナの手を取ると熱っぽく続けた。「それを第一にやるべきだ。きみが僕のベッドに寝るのかと思うと、僕はもう――」

「ジャスティン、予約が取れたわ」ケイトが戸口に顔をのぞかせて大声を上げた。「さあ、急いで。飛行機が出発するまであと四十五分しかないわよ」

「わかった。じゃ、車を回しておいてくれ」ケイトが首を引っ込め、ジャスティンがセレナの体に両手を巻き付ける。「用事がすんだらすぐ戻ってくる。連絡先はケイトが知ってるから、何かあったら電話してくれ。いいね？」

「わかったわ」

「それと、部屋の中はきみの好きなように変えていいからね」

「ええ」

「それから――」

「ジャスティン、車が来たわよ」ケイトの大声が聞こえてきた。

「わかった。すぐ行く」ジャスティンも大声を上げた。そして、熱いまなざしをセレナに注いで、ささやくようにいった。「それから、いつも僕のことを考えていてほしい」

セレナが口を開こうとしたときには、ジャスティンはすでにオフィスから出ていた。彼女はぐったりとジャスティンの椅子に腰を下ろした。椅子には、彼のぬくもりがまだ残っている。

「わたしには選択の余地はないの？」急に静まり返った室内に、セレナのひとり言がうつろに響いた。

9

ジャスティンがラスベガスに発《た》ってから一週間になるというのに、彼からはまだなんの連絡もない。けれども、不安がったり寂しがったりしている暇はセレナにはなかった。〈コマンチ〉の共同経営者として、毎日がてんてこ舞の連続だった。予想どおり、ホテル内のあちこちでセレナのことがうわさになっていたが、そんなことを気にしている余裕すらなかった。ホテルの内部をよく知っておくために、昼間は寸分惜しんで至る所を見て回った。夜はカジノに缶詰になって、フロアかマネージャー室で指揮を執った。明け方近くにジャスティンの寝室でベッドに潜り込むときには、さすがに彼のことが心配になったり寂しさを覚えたりしたが、たいていいつのまにか眠り込んでしまっていた。

けれども、セレナはそれでなんの不足も感じなかった。何もかも自分の判断で処理しなければならない状況は、セレナにとってむしろ絶好の機会だった。従業員たちに彼女の実力を認めさせ、自分に自信を持つことができる。そして、彼女はこの絶好の機会を確実にものにしてきたのだ。

その際におおいに役立ったのは、セレナの知識と経験だった。昔から宿泊するといえば必ず超一流のホテルだったので、彼女は最高級のもてなしがどのようなものであるかを肌で知っていた。また、海の高級カジノホテルともいうべきセレブレーション号での経験から、現場で発生する問題や従業員たちの不満についてもだいたいのことは予想できていた。ネロとケイトはもう完全にセレナの味方だし、ほかの従業員たちもしだいに彼女に一目置くようになってきている。セレナはこうした成果の一つ一つをおおいなる勝利と考えていた。

ノックの音がした。セレナはマネージャー室の机に向かって、カジノの従業員たちのスケジュール表を食い入るように見つめていた。

「どうぞ。開いているわよ」セレナは顔を上げずにいった。頭の中は、スケジュールの調整のことでいっぱいだった。今の人員ではこれが限界かもしれないわ。ディーラーがもうひとりいれば、かなり違うのだけど……。

すると、机に広げてあるスケジュール表の上に、いきなりすみれの花束が投げ出された。

「ごほうびだよ。仕事熱心なきみに」

セレナは胸を躍らせて顔を上げた。「ジャスティン！」

立ち上がった彼女が飛びかかるようにジャスティンに抱き付くと、彼はやつれた顔をほころばせてセレナの唇にキスをした。

「なかなか帰ってこないし、連絡はないし……。心配していたのよ」セレナはジャスティンの顔をしげしげと見つめた。「それにしても、相当疲れてるみたいね。捜査のほう、うまくいってないの？」

「まったく、けっこうな一週間だったよ」うんざりした表情でジャスティンがつぶやいた。体のにおいを懐かしむようにセレナを再び抱き締める。「なにしろ僕は、爆弾騒ぎよりももっとひどい問題を抱えていたんだからな」

「え？　何？」びっくりしてセレナがきき返した。

「きみの顔が見られなかったことさ」

セレナは一瞬ぽかんとしたが、すぐに怖い顔をしてジャスティンの首に両手を巻き付けた。

「だったら、どうして連絡を入れてくれなかったの？　ずっと待っていたのに……」セレナは甘えるような口調でささやいた。だが次の瞬間、彼女は自分のことばにびっくりして慌ててジャスティンから離れた。「そうじゃないの。つまりその、あなたの指示を仰ぎたいことが少しあって、それでその……」

「それなら、きみが電話をくれればよかったのに」にやにやしながらジャスティンがいった。

「それほどたいした問題じゃなかったし、あなたは事件のことで忙しそうだったし……」

セレナは乱雑な机の上を両手で差し示した。「わたしのほうもご覧のとおりのありさまなのよ。お互いに忙しいんだし、貴重な時間をむだにしたくなかったから、よほどのことがない限り自分で処理しようと思ってたの」

「だけど、いったいなんでそんなにそわそわしてるんだい？」

セレナはジャスティンの瞳を見据えた。「別にそわそわなんかしてないわ」

「不思議だなあ。きみのその怒った顔がむしょうに懐かしく思えるよ」ジャスティンはセレナに近づき、彼女の顔を両手でそっと挟み込んだ。「セレナ……」

伏し目がちになったセレナに、ジャスティンがゆっくりと唇を近づける。そして、唇がしっかりと重なり、二つの舌が躍るように絡まり始めたとき、彼は激しい情熱の高まりを感じて、しがみつくように彼女の体を抱き締めた。

「ああ！　セレナ、僕のセレナ。僕はもうきみのこと以外考えられない」

セレナはジャスティンの背中を優しくなでた。そのとき、セレナの目にカジノ内の光景が飛び込んできた。マジックミラーが開いたままになっていたのだ。

「変な感じ」含み笑いを浮かべてセレナがつぶやいた。「あちらからは見えないとわかっていても、なんだかみんなに見られているみたいで……」

ジャスティンもマジックミラーに視線を注いだ。「じゃ、パネルを閉めておいでよ。そのあとで、たっぷりかわいがってあげるから」

「ええ……」セレナは上気した顔をジャスティンに向けた。ドアをたたく音がしたのは、ちょうどそのときだった。

「おっと、忘れていた」彼女の肩に手をかけてジャスティンがいった。「きみにお土産《みやげ》があったんだ」

「それじゃ、まずドアの前にいる人を追っ払ってくれない？　どうせたいした用事じゃないでしょうから」セレナはうんざりしたように顔をしかめた。「あなたのお土産は、そのあとでいただくことにするわ。だれにもじゃまされずにね」

再びノックの音がして、セレナはいらだたしげにため息をついた。

「ジャスティン、お願いだから早く追っ払って」

「ケインでもかい？」ジャスティンはいたずらっぽく笑って彼女の鼻にキスをした。「行ってごらん。僕の〝お土産〟が立ってるはずだから」

セレナは彼の瞳をまじまじと見つめたあと、ぱっと顔を輝かせた。脱兎《だつと》のごとく戸口に向かい、勢いよくドアを開ける。

「ケイン兄さん！　それにアラン兄さんまで！」セレナの大声が室内に響き渡った。「いったいどうしたの？　失業でもしたの？」

「まあ、そんなところだ」次兄のケインがセレナを抱き締めた。「この週末の間だけね」

セレナはケインの体を押し戻して、彼の姿をしげしげと見つめた。少しやせた点を除けば、一年前とちっとも変わっていなかった。長兄のアランと同じく父親譲りの長身で、一見学者を思わせる細面《ほそおもて》の顔には相変わらず〝わんぱく坊主〟の面影が残っている。やや赤みがかかった金色の髪は、例によって無造作に分けてあるだけ。セレナはケインを見つめながら思わずにやにやした。このケイン兄さんが優秀な州検事で、しかもはでな女性遍歴の持ち主だなんて、だれが思うかしら。

「何をにやにやしているんだ?」セレナの顔を両手で挟んでケインがいった。「しかし、ちっとも変わってないな。兄貴もそう思わないか?」

「そうだな」ゆっくりと顔をほころばせながら長兄のアランが答えた。その笑いかたは、沈思黙考タイプのアランにはとてもよく似合っていた。でも、とセレナは思った。アラン兄さんの顔は上院議員というより『嵐《あらし》が丘』の主人公という感じね。

「だけど、少しやせたんじゃないか?」セレナのあごに手をかけてアランが続けた。「美人であることには変わりないけど」

「おせじでもうれしいわ」セレナは顔をほころばせた。セレナは顔をほころばせた。「でも、来てくれてほんとうにありがとう。会いたかったのよ」

ジャスティンはセレナの机に着いて三人のようすを静かに眺めていた。背の高いふたりの兄に挟まれたセレナは、まるで幼い少女のように見えた。そして、このときセレナとケインがよく似ていることに初めて気がついた。とくに、口と鼻と目の形はそっくりだ。アランは昔からそうだったように、ひと目で母親似とわかる。いずれにしても、とジャスティンは心の中でつぶやいた。三人とも父親のダニエルにどこか似ているのは確かだ。

ジャスティンの脳裏に、妹のダイアナの姿が浮かんでくる。だがそれは、二十年も前の彼女の姿でしかなかった。彼はダイアナのことを考えると、いつも決まって何かしら自責の念にかられた。やれるだけのことはやってきたとはいえ、今一つ自分に納得がいかなかった。仲むつまじい三人のようすを眺めながら、ジャスティンはいつかセレナが口にした〝家族〟の話を思い起こしていた。

「それで、どのくらいここにいるつもり？」ふたりの兄を部屋の奥へと案内しながらセレナがきいた。

「この週末いっぱいのつもりだけど」アランが答えた。ケインは部屋の中をじろじろ見回している。

「だけど、レナとあんたが組むことになるとはね」ケインがジャスティンに話しかけた。

「正直いって、今でも信じられないよ。しかも、あのおやじをいとも簡単に丸め込んでしまったんだから、驚いちゃうよ」

「あら、わたしが事前に説得しておいたのよ」澄ました顔でセレナが口を挟んだ。「でも、兄さんたちはどこでジャスティンと会ったの？」

ケインとジャスティンが意味ありげに顔を見合わせる。広がりかけた沈黙を破ったのは、アランだった。

「ラスベガスで爆弾騒ぎがあった日に、僕が電話を入れたんだ」彼はマジックミラーをのぞき込みながら、穏やかな口調で説明した。「心配だったからね。そうしたら、ジャスティンが遊びに来ないかといってくれて。で、ケインにも声をかけて、ふたりでレナを喜ばせに来たってわけさ。それに、僕たちが来ておけば、おやじも安心しておとなしくしているだろうし」

「そういえば」ケインが口を開いた。「おやじのやつ今度二、三週間ここで厄介になる予定だ、なんていってたな。やっぱり心配なんだと思うよ」

セレナはうなり声とも笑い声ともつかない奇妙な声を上げた。「いつまでたっても親ばかなんだから、パパは」

「つまるところ、おやじはずっとセレナの保護者でいたいのさ」アランがからかった。彼はいつのまにかジャスティンのそばにぴったり寄り添っている妹を見て、にっこりと微笑《ほほえ》んだ。

突然、机の上のブザーが鳴りだし、ランプが点灯した。

「六番テーブルね。いいわ、わたしが行くから」セレナはジャスティンの肩を押さえた。「ここはわたしひとりで十分だから、三人で上に行ってゆっくりしていたら?」

「共同経営者の親族がカジノで遊ぶとまずいかなあ?」ケインが大きな声でセレナにきい

た。

「別に。せいぜいうちのカジノに貢いでちょうだいな」セレナは憎まれ口をたたいて、くすくす笑いながら足早にマネージャー室から出ていった。

ケインは大きく伸びをした。「僕はポーカーではレナに勝ったためしがないものな」

「ポーカーでも、だろう？」アランが口を挟み、三人の男の笑い声が部屋の中にこだました。

真顔に戻ってアランがジャスティンに話しかけた。

「ところでラスベガスの事件のことだけど、もっと詳しく聞かせてくれない？」

ジャスティンは肩をすくめた。たばこを取り出しながら話し始めた。「ごく小型の手製爆弾でね、しかけてあった場所はビンゴ台の下だった。今FBIが顧客や退職した従業員のリストを洗っているけど、僕の勘では、犯人はその中にはいないと思うな。犯人から何回か電話があって、僕も電話口に出たけど、まったく聞き覚えのない声だったもの。逆探知はすべて失敗だったし、今のところ手がかりなしってわけなんだ」

ジャスティンはたばこに火をつけて、マジックミラーに目をやった。問題のテーブルでセレナが客を説得しているのが見える。

「仮にカジノで大損をした客が犯人だったとしても」けだるい口調でジャスティンが続けた。「見つけ出すのは不可能に近い。そんな人間は数えられないほどいるし、名まえがわかっている客なんて、ほんのひと握りにすぎないからね」

「だけど、犯人がいるとしたら、やはり客の中じゃないかなあ」ケインがつぶやいた。彼もマジックミラーの妹の姿に目を凝らしていた。

「僕は違うと思うな」ジャスティンは椅子から立ち上がり、部屋の中を歩き回りながら話を続けた。「実は三日前にも脅しの電話があったんだけど、それがさっぱり要領を得ないんだ。僕を不安がらせて喜んでいるようにも思えるし、かといって、脅しだけじゃないみたいだし、要するに僕個人に何か恨みを持ってるやつのしわざとしか思えないのさ。これはどうも、自衛手段としてホテルを五つとも閉鎖する以外にないかもしれないな。」

ジャスティンは口を閉ざすと険しい表情になった。彼の身に危険が忍び寄っているのは明らかだった。そして、その危険がセレナをも巻き込む可能性は大であるということも。

「だけれども」ジャスティンが再び口を開いた。「ホテルを閉鎖するなんて、そんなことはできっこないしね。そこで、少なくともセレナを巻き添えにだけはしたくないから、事件が解決するまで彼女を実家に帰しておこうと思ったわけなんだ。ふたりでなんとか彼女を説得してくれないだろうか」

そのとたんケインがぷーっと噴き出し、アランは無表情な顔で返答した。「おとなしく帰ると思うよ。きみがいっしょならばね」

「アラン、僕は冗談でいってるんじゃないんだ」ジャスティンはたばこを足でもみ消した。

「それはわかっているさ。だから、最初からそのつもりで僕たちを呼び寄せたんだろう?」

「僕にはセレナを説き伏せる自信がないんだよ」

「きみがだめだったら、僕らがいくらいってもむだだと思うよ」アランが他人事のようにつぶやいた。

ジャスティンはかっとなってアランをにらみつけ、ここ一週間のいらだちを一気に爆発させた。「もっと真剣に考えてくれたっていいじゃないか!　きみの妹のことなんだぞ。もしセレナの身に何かあったらどうするんだ。僕はセレナを安全な場所に避難させたいんだ。巻き添えを食わせたくないんだ。どうしてわかってくれないんだ!」

「あんたにとってあいつはなんなんだい?」ケインが穏やかにたずねた。

ジャスティンは虚をつかれたように立ちすくんだ。頭の中がぐるぐる回転し始める。彼はもどかしげに唇を湿らせた。

「すべてだ」マジックミラーに近寄りながらジャスティンが叫んだ。セレナを捜す。が、そのときすでにカジノの中には彼女の姿はなかった。彼は再び大声を張り上げた。「僕のすべてなんだよ!」

「どうしたの?」マネージャー室に戻ってきたセレナが、いぶかしげに三人の顔を見比べた。ジャスティンに近づき、そっと声をかける。「いったい何があったの?」

「別になんでもない」ジャスティンは彼女の視線を避けて伏目がちに答えた。「ところで、きみは夕食はすませたのかい？」

「いいえ、まだよ。そんなことより、今の――」

「僕の部屋でいっしょに夕食というのは、どうだい？」セレナの言葉を遮ってジャスティンがケインとアランに声をかけた。

「今夜は遠慮しておくよ」ケインが答えた。マジックミラーのほうをあごでしゃくる。「ちょっとそこで運試しといきたいし、兄貴は僕の財布のひもを締める役目があるしね」

アランはケインに顔を向けてゆっくりとうなずいた。

「むちゃしたらだめよ」母親のような口ぶりでセレナがいった。「どうせ負けるに決まってるんだから」

「ご忠告ありがとう」ちゃかすようにまゆを上げてケインが答えた。「じゃ、またあした会おう」

「たぶん、この調子だと昼過ぎになるだろうけどね」あきれ顔でアランが続けて、ふたりは仲よくマネージャー室から出ていった。

「え？　きみは食べないのかい？」バスローブをまとってテーブルに近づいたジャスティンは、ソファに座っているセレナをけげんそうに見つめた。彼女はスコッチの水割りを飲んでいる。テーブルの上には、ステーキとサラダのセットがひとり分しか用意されていない。

「あなたの分しか頼まなかったの」セレナがだるそうに答えた。「わたしはあまりおなかがすいていないから」

ジャスティンは肩をすくめてテーブルに着いた。「留守中、何か変わったことはなかったかい？」

「いいえ。たいしたもめ事はなかったし……」

「それはよかった」ジャスティンはワインをひと口飲んでナイフとフォークを手に取ると、彼女にかまわず食べ始めた。

セレナは水割りを飲みながら、テーブルのジャスティンの姿をぼんやり眺めていた。アランとケインが彼女のオフィスから出ていったのを境に、彼はまるで別人のようによそよそしくなっていた。兄たちとの間に何があったのかときいても、〝きみには関係のないことだ〟の一点張りで、取り付くしまもなかった。

でも、ほんとうに何があったのかしら……。セレナはジャスティンがシャワーを浴びているときも、彼の食事をルームサービスに頼んで水割りを自分で作っているときも、ルームサービスが彼の部屋に食事を運んできたときも、ずっとそのことが気にかかっていた。ジャスティンがひどく疲れているようなので、あまりしつこく追及したくなかったが、彼女はもう一度きいてみることにした。シャワーとステーキに気をよくして、案外打ち明けてくれるかもしれない……。

「ねえ、ジャスティン」水割りで唇を湿らせ、切り出す。「さっきわたしのオフィスで何があったのか、教えてくれない？」

「だから、きみには関係のないことだといってるだろう？」ジャスティンは手を休めてセレナに冷たい一瞥《いちべつ》を送った。

「あなたのプライベートなことに首を突っ込むつもりはないわ。でも、兄さんたちとあなたの間で何かトラブルがあったのなら、わたしが知らん顔をしているわけにはいかないでしょう？」

「トラブルなんて何もないから、安心しなよ」ジャスティンは苦笑いを浮かべてワインを飲んだ。「それよりセレナ、きみはこの一週間、実によくやってくれた。だから、骨休めのためにしばらく実家に帰ったら？」

セレナはグラスを持ったまま、驚いた顔でジャスティンをじっと見つめた。「実家に！　どうして？」

「爆弾騒ぎのほうは犯人が逮捕されるのを待つばかりだし、ホテルのほうは夏のシーズンが終わってこれから少し暇になるから、なにも無理に仕事を分担する必要はないと思うんだ」ジャスティンはステーキの最後のひと切れを口に放《ほう》り込み、グラスに残ったワインを飲み干した。

「それで？」セレナはソファの前のガラステーブルにグラスを置いて先を促した。

ジャスティンはポットのコーヒーをカップについだ。「それで、きみはしばらく実家で休養を取り、今度僕が長期間ここを離れるときに戻ってきて、僕と交代すればいいのさ」

「なるほど」気乗りしないようすでセレナはうなずいた。突然、彼女ははっとしてソファから立ち上がった。「まさか、兄さんたちがよけいなことを？」

ジャスティンは再び苦笑いを浮かべて首を振った。「彼らがそんなおせっかいを焼くと思っているのかい？　ダニエルじゃあるまいし」

一瞬口ごもったあと、セレナはいらだたしげに切り返した。「じゃ、どうして急にそんなことをいいだすの？」

「急じゃないさ。これはラスベガスにいるときからずっと考えていたことなんだ」ジャスティンはコーヒーのカップをゆっくりと口に運んだ。

セレナの表情がしだいに険しくなっていく。彼女は怒りを抑えるように両手をぎゅっと握りしめた。

「わかったわ。そういうことだったのね」

「そういうことって？」

「とぼけないで。あなたはわたしがお荷物になってきたんでしょう？　あなたの口から出任せを真に受けて、この部屋にのこのこ移ってきたから」セレナは震える手でグラスを取り、水割りの残りを立ったまま一気にあおった。グラスを持ったままとげとげしくいい放つ。「じゃ、さっそく荷物をまとめて出ていくわ。ただし、実家にじゃなくて、元の部屋にね！」

「セレナ、僕は実家に戻れといっているんだ」ジャスティンはテーブルを離れて大またでセレナに近づいていった。「ここにいてほしくないんだよ！」

セレナが音を立てて大きく息を吸い込んだ。一瞬ジャスティンは彼女が泣きだすのではないかと思った。が、セレナの目に涙の気配はなく、彼女は悲しげにほほ笑みを浮かべただけだった。

「ばかなこといわないでよ、ジャスティン」放心したような面持ちでセレナがつぶやいた。

「このホテルの権利の半分はわたしのものよ。なのに、どうしてわたしが出ていかなくちゃいけないの？」

「契約書にはまだサインをしていなかったはずだよ、セレナ」

彼女はしばらく空中に視線を漂わせたあと、ゆっくりとジャスティンの顔に焦点を合わせた。

「わたしがばかだったわ」無表情な顔でセレナがつぶやいた。「契約書にちゃんとサインをしてから、あなたと寝るべきだったのね」

「違う！　そんなことじゃないんだ！」ジャスティンは乱暴に彼女の体を抱き締めた。

「そういう意味でいってるんじゃないんだ、セレナ」

セレナは体の力を抜いてジャスティンのなすがままになっていた。低い声できっぱりという。「お願いだから、手を放して」

「セレナ、よく聞いてくれ」ジャスティンは彼女の体を押し戻して両肩にしっかりと手をかけた。「実はね、ラスベガスを立つ前に脅迫状が届いたんだ。僕個人にあててね。その手紙には、これで終わったわけじゃないとしか書かれてなかったけど、やつが僕をねらっているのは確かなんだ。どんな手を使うのか、いつ実行に移すのか、さっぱり見当もつかない。だから、わかるだろう？　きみは僕のそばにいてはいけないんだ」

それまで無表情だったセレナの顔に表情が戻った。

「つまり、ここにいたら巻き添えを食う恐れがあるってわけ？」

「そうだ。だから、犯人が逮捕されるまで、きみはいちばん安全な実家にいるべきなんだよ」

セレナはジャスティンの手を払いのけて、腹立たしげに彼をにらみつけた。「あなたも結局、父と同じ穴のむじなだわ。こちらの考えを聞こうともしないで、かってなおせっかいばかり。どうして最初からほんとうのことをいってくれなかったの？　わたしがどれだけ傷ついたと思ってるの？」

今にも泣きだしそうなセレナのようすに、ジャスティンは罪の意識と欲望とを同時に感じた。

「じゃ、ほんとうのことを教えたんだから、おとなしくいうとおりにしてくれるね?」セレナの顔をのぞき込みながらジャスティンはいった。

「いやよ」

「セレナ――」

「しっぽを巻いて逃げ出せっていうの?」セレナは彼の言葉を遮って、いらだたしげに両手を震わせた。片手にはまだグラスを持っている。「わたし、そんなのいやよ。絶対いやよ。それに、ここはわたしのホテルでもあるのよ」

「建物には保険が掛けてあるから、きみの投資がむだになることはない。安心していい」

セレナはため息をついて目を閉じ、吐き捨てるようにいった。「ばか」

「ばかとはなんだ」

「ばかだからばかっていってるのよ!」セレナは興奮してほおを紅潮させた。

「ばかはいったいどっちなんだ!」ジャスティンも興奮ぎみに語気を強めた。「きみは自分が今どんな危険にさらされているか、わかっているのか? 事が起きてしまってからでは遅いんだ。だから、早めにきみを安全な場所に移したいと思っているんじゃないか!」

「わたしがどこにいようと、わたしのかってでしょう? 大きなお世話もいいところだわ。

それに、移すだなんて、荷物じゃあるまいし――」

「どうしてわかってくれないんだ、セレナ！」ジャスティンはグラスを取り上げて、腹立ちまぎれに壁に投げつけた。グラスが砕ける音が室内に響きわたり、彼はセレナの肩に両手をかけ、そっぽを向いている彼女を激しく揺さぶった。「きみは僕にとっていちばんたいせつな人なんだ。かけがえのない人なんだ。愛しているんだよ！」

セレナはゆっくりと彼のほうに顔を向けた。「だったら、どうしてわたしを遠ざけようとするの？　結局のところ、わたしはあなたのなんなの？」

ふたりは黙ってにらみ合った。お互いに相手のことばを頭の中で反芻《はんすう》しながら。やがて、ジャスティンはセレナの肩を離した。

「お願いだから、僕のいうとおりにしてくれ、セレナ」

「ほかのことはともかく、それだけは絶対いやよ」

ジャスティンはセレナのそばを離れて、ブラインドの下りている窓へとゆっくりと歩いていった。

「僕は今まで人を愛したことが一度もなかった」ひとり言のようにしゃべり始めた。「両親は早くに死んだし、妹はもう他人同然だし……。だから、両親への愛情といっても、どうもぴんとこない。事実、僕はこれまで両親なしでもやってこれたし、今もそうだ。しかし、僕はきみなしではやっていけそうにないんだよ。きみの身にもしものことがあったらと思うと、お恥ずかしい話だが、僕は心配で夜も眠れなくなるんだ」

「ジャスティン……」セレナは彼のそばに行き、後ろから彼を抱き締めて背中にほおずりをした。「確実なことなんて何もないのよ。かけてみる以外にないでしょう?」

「僕のこれまでの人生は文字どおりかけの連続だったし、相当危険なかけだってやったこともある。だけど、きみを危険にさらすなんて、それだけは絶対にできない」

「わたしはかけてみるつもりよ。あなたがなんといおうとも」ジャスティンが振り向きかけたが、セレナは腕に力を込めて彼の動きを止めた。「だから、もう一度いってほしいの、さっきあなたがいってくれたことを。でも、さっきみたいに大声でわめいたりしちゃいやよ」

セレナが腕の力を緩めると、ジャスティンはゆっくりと体を彼女のほうに向けた。

「僕は今まで、愛してるなんて陳腐なことばだと思ってきた。だけど、それもきょう限りのようだな」彼はセレナの体に腕を巻き付けて、彼女のうるんだ瞳をじっと見つめた。

「愛してるよ、セレナ」

セレナはジャスティンの胸に顔をうずめて、ほっとため息をついた。そして彼がセレナを腕に抱き上げて歩き始めると、甘い声でささやいた。「ジャスティン?」

「うん?」

「今夜のこと、父にはないしょにしておいてね。まるで自分の手柄のように喜ぶに決まってるから」

ジャスティンの笑い声が寝室の中に吸い込まれ、その後ふたりは激しく奔放に愛し合った。


朝の光をいっぱいに浴びながら、セレナがベッドの上で手足を大きく伸ばす。

「こんな爽快《そうかい》な気分、久しぶりだわ」寝起きのかすれ声でセレナはいった。「やっぱり早寝早起きがいちばんね」

「僕も今そう思ってたところさ」ジャスティンはセレナの体に手をはわせた。

セレナはくすくす笑いながら上体を起こし、両手を広げて大あくびをした。「でも、ボタン一つでブラインドが巻き上がるなんて、ものぐさにはもってこいだわね」

「ベッドから出る気がしないときには、特にね」ジャスティンはセレナの上体をベッドに引き戻して彼女の体を自分の上に乗せた。

「わたし、なんだかおなかがすいてきちゃったわ」

「もう？」ジャスティンはセレナの髪を優しくかき上げた。「といっても、きみは夕食抜きだったから、当然といえば当然かな？」

「ええ、ぺこぺこよ」

「じゃ、さっそくルームサービスに電話して届けさせよう」

いセレナはジャスティンの胸にほおずりした。「ちょっと待って。その前にいっておきたいことがあるから」

「なんだい？」

セレナはジャスティンの唇にキスをして、ささやくようにいった。「愛しているわ、ジャスティン」

ジャスティンが目を閉じてセレナを思い切り抱き締める。「きみからそのことばを聞くことになるとは思ってもみなかったよ」

「あら、どうして？」セレナはすねたようなしぐさで体をくねらせた。「わたしが口にしたらおかしい？　わたしはあなたにぞっこんなのに……」

「それは僕も同じさ」ジャスティンは優しくほほ笑んで彼女の手を唇に押し当てた。「だから――」

「いわないで」セレナはキスを受けた手で彼の口をふさいだ。「なんといわれようと、わたしはここから動かないわよ。それに、もうあなたといい争いはしたくないの。だから、その話はもうしないで。わたしは今、とっても幸せなんだから」

ジャスティンが舌の先でセレナの手のひらをくすぐると、彼女は笑いながら手を引っ込めた。

「なんだか」再び彼の胸にほおずりしながら、セレナがささやいた。「今までのわたしの人生はすべて、こうなるための準備だったような、そんな気さえしているのよ。ひょっとすると、わたしはあなたと初めて会ったときから、こうなることを心のどこかで予感していたのかもしれないわ」

「たいした予感だな」ちゃかすようにジャスティンがささやき返した。

「でも、いっておきますけど」わざとむっとしてセレナがことばを返した。「わたしがここに来たのは、あなたと対等な立場で仕事をするためですからね。それをお忘れなく」

「なまいきだなあ」ジャスティンはセレナを静かにわきに寝かせてベッドから下りた。

「どこへ行くの？」

「きみに思い知らせてやるのさ」

セレナがいぶかしげにまゆ根を寄せていると、彼はクローゼットの引き出しから小さなベルベットの箱を取り出した。

「これを見てきみがなんというか、見ものだな」小箱をセレナに手渡しながらジャスティンはいった。

「何？　これ」セレナは上体を起こしながら小箱を受け取った。

「まあ開けてみなよ」ジャスティンはにやにやしていった。「それは、きみにと思ってセント・トーマスでこっそり買っておいたものなんだ」

セレナはますますけげんそうにまゆをひそめた。小箱のふたを開ける。するとそこには、アメジストとダイヤモンドがはめ込まれた風車の形のイヤリングが、日の光を浴びてきらきらと輝いていた。セレナはぼう然としてジャスティンを見上げた。

「ジャスティン……」うつろな声でつぶやいた。「どうして……」

「きみに似合うと思ったからさ」ジャスティンはいたずらっぽく笑みを浮かべた。「受け取っていただけますか、お嬢さん？　それとも、やはりダイヤはお嫌いですかな？」

「もちろん、喜んでいただくわ」セレナはためらいがちにいって、ジャスティンをまじまじと見た。「でも、ほんとうにどうして？」

「僕はあのときすでに心に決めていたんだ。きみを必ず手に入れるとね。きみがここに来なかったら、僕のほうからハイアニスポートに乗り込んでいくつもりだった」

「もしわたしが絶対にいやだといっていたら？」セレナは意味ありげにほほ笑んだ。

「きみは忘れたのかい？　確か話して聞かせたはずだよ。金髪の女性を巡るわが家の伝説をね」ジャスティンはセレナの耳の後ろに髪をかき上げた。「さあ、着けてごらん。どのくらい似合うかこの目で確かめたいんだ」

セレナはイヤリングを箱から取り出して耳に着けた。「どう？」

ジャスティンは満足げに目を細めてしげしげとセレナを見つめた。ブロンドの髪からのぞいた耳たぶの下で、イヤリングがきらきら光を放っている。その光を受けたジャスティンの瞳は妖《あや》しく燃え上がり、彼は熱を帯びたセレナの体に優しく覆いかぶさっていった。

10

セレナはベッドの真ん中に寝そべったまま大きく伸びをすると、しぶしぶ起き上がった。もしオフィスからジャスティンに呼び出しがかからなかったら、もう少しふたりでのんびり横になっていられたのに……。彼女はなごり惜しそうに毛布をたぐり寄せた。

呼び出しがかかったとき、ジャスティンはセレナの耳もとで甘いことばをささやいて、楽しげにベッドから離れていった。けれども、彼が意識的に明るくふるまっているのは明らかだったし、彼女のほうもわざと彼に調子を合わせていた。ラスベガスの爆弾事件が完全に解決しない限り、ジャスティンは心の平和を取り戻せない。セレナはそう思っていた。どんな気休めも彼には通用しそうになかった。彼女にできることといえば、せいぜい彼によけいな心配をかけないことくらいだ。

それにしても、どうして男の人はああなのかしら。セレナは苦笑いを浮かべて首を振った。父親といいジャスティンといい、女はひとりでは身の安全を図れないと頭から決めてかかっている。女のほんとうの〝強さ〟も知らないで。彼女はベッドから下りながら決意を新たにした。わたしはだれがなんといおうと絶対ここから離れないわよ、ジャスティンがここにいる限りは。

セレナはバスローブを取りにクローゼットに向かった。でも、犯人はいつごろ逮捕されるのかしら。一週間後？　一カ月後？　それとも数カ月後かしら？　セレナはバスローブを取り出しながら顔を曇らせた。その間のジャスティンの心労を思うと、胸がふさがる思いだ。

セレナには、ジャスティンが神経質になりすぎているように思えてならなかった。ましてや、犯人がジャスティン個人への恨みから次の犯行を計画しているなど考えられもしなかった。犯罪都市のニューヨークじゃないのだから、もっと警察や警備会社を信頼すべきだとさえ思った。セレナの論理では爆弾などをしかけるのは卑怯者《ひきょう》であり、卑怯者はだいそれたことをしでかすだけの度胸がなく、したがって脅しをかけて現金を巻き上げるのが関の山となるはずだった。いずれジャスティンにもわかるときがくるでしょう。セレナはローブの腰ひもを締めてバスルームに向かった。

ところが、ちょうどそのときノックの音がして、セレナは反射的にナイトテーブルの置き時計に目をやった。メイドが掃除に来る時間にしては早すぎる。セレナはためらいがちにリビングルームのドアに向かった。そして、〈コマンチ〉に来て以来初めてドアを開ける前にのぞき穴から外を見た。ほっと吐息をつき、自嘲《じちょう》的な笑みを浮かべながらドアを開ける。

「こんな早い時間に現れるなんて、きのうはよほどあきらめがよかったみたいね」何食わぬ顔でセレナがケインに話しかけた。

「何が早いもんか。もうじき昼だぜ」ケインは戸口に立ったまま部屋の中を見回した。

「ところで、ジャスティンはどこかな？　実は彼に会いに来たんだ」

「それは残念だったわね。ほんの十五分前にオフィスに下りていったの」セレナは戸口から顔を出して辺りをきょろきょろ見回した。「アラン兄さんはいっしょじゃないの？」

ケインはとまどいぎみに妹の全身に視線を走らせていた。妹がジャスティンの部屋にローブだけで立っていることが、頭ではどうにか理解できても、気持ちの上ではなかなか納得できないものだ。しかも、セレナが身にまとっているのは、去年のクリスマスにケインがプレゼントした丈の短いシルクのローブだった。

「兄貴は今レストランでブランチとしゃれ込んでいる」ぶっきらぼうに答えると、ケインはのそのそと部屋の中に入ってきた。

「まあ、兄さんたちのようにまともな生活をしている人たちには、わたしたちのような生活パターンはちょっと理解できないでしょうね」セレナはケインをソファのほうに案内した。「コーヒーでもいれるわ。飲むでしょう？」

「ああ」ケインは妹がまるで自分の部屋にいるみたいにのびのびとふるまっていることに、

少なからず驚いていた。ソファには座らず、セレナのあとからキッチンに入っていく。キッチンは広々として、床と壁は白で統一されていた。光沢のある黒の食器棚がでんと据えてあり、軽食用のカウンターまである。

「遠慮なく掛けてね」カウンターを指さしてセレナがいった。

「かって知ったるわが家って感じだな」そんなことをいうつもりではなかったのに、ケインはうっかり口を滑らせていた。

セレナがむっとした表情で彼をにらむ。「だって、わたしはここに住んでいるんだもの」

ケインは顔をしかめてスツールに腰掛けた。「ジャスティンって、そんなに手が早かったのか」

「だれかさんと同類で安心した?」セレナはコーヒーメーカーをセットしながら、冷やかすようにまゆを上げた。「でも、どちらかといえば、わたしのほうから押しかけたってところかしら」

「ひと月前に知り合ったばかりなのに?」

「兄さん」セレナはカウンターの中からケインのほうに顔を突き出した。「ルーク・デニソンのこと、覚えてる?」

「だれ?」

「ルーク・デニソンよ。わたしが十五のときにしつこくいい寄ってきた近所の女たらし」

セレナはカウンターにひじをついた。「映画館のわきの駐車場で、あの子の胸ぐらをつかんで、妹に妙な手出しをしたら承知しないぞっていってくれたでしょう？　忘れたの？」

ケインは上目づかいにセレナを見ながら記憶の糸をたぐり寄せていたが、やがてはっとしたように表情を硬くした。

「やつがどうかしたのか」

「そうじゃないの」セレナは両腕を伸ばしてケインの耳をつかんだ。「いいこと、兄さん？　わたしはもう子どもじゃないし、ジャスティンはルークとはまったく違うの。わかった？」

ケインもお返しとばかりに、両腕を伸ばしてセレナの耳をつかんだ。「なんとなくわかるような気がしないでもない」

「じゃ、わたしのために喜んでくれるわね。ジャスティンはわたしのすべてなんだから」

セレナが手を離し、ケインも手を離してスツールに座り直した。「ジャスティンも同じことをいってたよ」

セレナは目を輝かせた。「いつ？」

「きのうの晩、おまえがオフィスに戻ってくる直前に。あのとき僕と兄貴はジャスティンにせがまれていたんだ。実家に帰るようおまえを説得してくれってね」セレナが口を開きかけたが、ケインが片手で彼女を制した。「もちろん、そんな役はごめんだから僕たちはいいかげんな返事ばかりしていた。そうしたらジャスティンがえらく興奮しちゃって、そこにちょうどおまえが戻ってきたってわけさ」

「そうだったの……」セレナは大きくため息をついた。「でも、ジャスティンは個人的な恨みで爆弾をしかけられたと信じ込んでるみたい。だから、まるで強迫観念に取り付かれたように、わたしがいっしょにいったら危険だっていい張るのよ。どうかしてるとしか思えないわ」

「ジャスティンはおまえを愛しているのさ」

セレナはケインの顔をまじまじと見つめた。「それはわかってるわ。だから同じ部屋に住んでいるのだし……。こんなとき、兄さんだったらどうする？」

「もし僕がジャスティンなら、張り倒してでもおまえを実家に追い返すだろうし――」ケインは今にもかみつきそうなセレナを両手で制した。「もし僕がおまえなら、てこでもここから動かないだろうな」

「さすがに州検事さんともなると、答弁にもそつがないわね」セレナが皮肉たっぷりにいった。コーヒーができ上がり、彼女はカウンターから離れた。「それはそうと、兄さんのほうはどうなの？　仕事も恋愛も、うまくいってるの？」

「いってるにはいってるけど、ちょっと軌道修正しようと思ってね」ケインはセレナがコーヒーをマグカップにつぐのを見て、くんくんと鼻を鳴らした。「実は、そろそろ独立しようと思ってるんだ、弁護士として」

「ほんとうに？」セレナは二つのマグカップをカウンターに置いた。「ずいぶん急な話ね」

「そうでもないさ」ケインはコーヒーをひと口すすった。「かなり前からずっと考えていたことなんだ。兄貴と違って、どうも僕は公務員には向いてないらしい。どんなに忙しくても退屈でしかたないんだよ」

「ケイン兄さんらしいわ」セレナはカウンターの中の椅子に腰を下ろした。「兄さんは、いってみれば獲物を求めていつもうろうろしている狼《おおかみ》みたいなものだもの」

ケインが噴き出す。「しかし、それはマクレガー家の人間の特徴でもあるんだぜ」

「というより、マクレガー家の異端児の特徴というべきだな」キッチンの入り口のほうでいきなりアランの声がした。

セレナとケインがそちらに顔を向けると、ジャスティンとアランがにこやかに戸口に立っていた。

「つまり、自分のほうが正統だといいたいのさ、アランは」ジャスティンが混ぜっ返した。

「ところで、コーヒーはまだ残ってる、セレナ？」

「今いれたばかりだから、まだたくさんあるわよ」セレナはカウンターの中に入ってきたジャスティンに片手を差し出した。彼がその手を取って唇にそっと押し当てる。「アラン兄さん？」兄にマグカップを渡しながらセレナがいった「ケイン兄さんはきのうの夜、いったいどのくらい負けたの？」

アランはマグカップを受け取って、からかうような笑みをケインに向けた。「かけには負けてもほかのほうでがんばったみたいだから、とんとんってところじゃないかな」

セレナは顔をしかめてケインに視線を戻した。「まさか、うちのディーラーにちょっかいを出したんじゃないでしょうね」

「小柄なブロンドの娘《こ》だったな」アランが暴露した。「大きなブラウンの目がなかなか魅力的で――」

「ケイン兄さん！」セレナはあきれ顔でケインをじろじろ見た。「あの子はまだ二十一なのよ」

「僕には兄貴がなんの話をしているのか、よくわからないな」澄ました顔でケインが応酬する。「だって、兄貴は大胆なドレスを着た赤毛の女性とよろしくやっていたはずだから」

「まったく……」セレナはめんどう見きれないといった感じで首を振った。ジャスティンのほうに向き直って真顔で続ける。「この調子でふたりを放し飼いにしていたら、この先何が起きるかわかったものじゃないわ」

「だったら、きみがしっかり見張ってるといいよ」冷蔵庫からクリームを取り出しながらジャスティンがいった。「今夜のディナーショーは特に警戒が必要だろうから」

「いいこと、兄さん？」ジャスティンから受け取ったクリームをふたりに渡しながらセレナは宣言した。「今夜はレナ・マックスウェルのショーの初日だけど、おとなしくしていないと彼女に引き合わせてあげないわよ。わかった?」

「ショーは何時から?」アランとケインが同時に声を上げた。

「先が思いやられるわね」セレナは笑いながらジャスティンに顔を戻した。「じゃ、わたしはシャワーを浴びて着替えてくるわ。三十分後に下で会いましょう」

セレナがカウンターから出てキッチンの入り口に向かおうとすると、ケインのひそひそ声が彼女の耳にも届いてきた。

「ところで、ジャスティン。レナ・マックスウェルの楽屋はどこなんだい?」

シャワーがすんで髪を乾かしたあと、セレナはバスローブ姿で寝室のドアを開けた。ところが、だれもいるはずのない室内に人の気配がする。彼女は悲鳴を上げて戸口から飛びのいた。

「びっくりさせないでよ、ジャスティン!」

「それはこっちのせりふだよ」彼はズボンのポケットに両手を突っ込んで部屋の真ん中に立っていた。

「兄さんたちといっしょに下に行ったんじゃなかったの?」呼吸を整えながらセレナがたずねた。

「いや」ジャスティンはセレナの全身をなめるように眺めた。

「じゃ、兄さんたちは？」

「たぶん今ごろは、どちらが先にマックスウェル嬢に渡りをつけられるか競争しているんじゃないかな」

「まったく、兄さんたちったら！」セレナは首を振りながらクローゼットに向かった。

「何をするつもりだい？」

「何って、着替えに決まってるでしょう？」セレナはけげんな顔でジャスティンを見た。

「ほかに何をしているように見える？」

「時間のむだ使いだと思うけどな。僕はきみに服を着させないつもりだよ」

セレナは肩をすくめて、子どもに論すような口調でいった。「そうはいっても、着替えないわけにはいかないでしょう？　こんなかっこうであなたのオフィスに出向いていったら、ケイトが卒倒しちゃうわよ」

ジャスティンは口もとに薄笑いを浮かべた。「ここから出ていかなければいい」

「ばかなこといわないで、ジャスティン」セレナは彼にかまわずクローゼットの扉を開けて服を物色し始めた。「ディナーショーが始まるまでに片づけておかなくちゃいけない仕事が山ほどあるし、それに——」

あとの言葉がのどにつかえ、気づいたときには彼女はベッドの上に放《ほう》り出されていた。

「きみには乱れたシーツのベッドがよく似合うよ」ジャスティンはセレナを見下ろし、つぶやいた。

「あら、そう？」セレナは何ごともなかったかのように平然と体を起こした。「でも、だからといって人の体を放り投げることはないでしょう？　これで二回目よ」

「そういえば、前にもそんなことがあったっけ。確かナッソーの海岸だったよね」ジャスティンはセレナのバスローブの腰ひもに手をかけた。

「そのとおり」セレナはぴしゃりといって彼の手を払いのける。が、それは腰ひもを完全に外す結果に終わっただけだった。彼女はバスローブの前を合わせてことばを続けた。

「今度また放り投げたくなったら、前もってちゃんといってよ。心の準備をしておくから」

「ああ、そうするよ」申しわけなさそうにジャスティンがほほ笑んだ。そして、セレナがベッドから下りようとしたとき、ジャスティンは彼女をベッドの上に突き飛ばし、あおむけになったセレナにのしかかった。

「ジャスティンったら！」セレナは笑い声を上げながら抵抗した。「もうおしまいにして。着替えなきゃいけないのよ」

「ふーむ、着替えなきゃいけないのか。僕が手伝ってあげよう」ジャスティンはバスローブの前を大きく左右にはだけた。

「やめて！」セレナは喜びと怒りとまどいが入り混じった複雑な気持ちで体をくねらせ

た。「ねえ、ほんとうにもうやめて。メイドが来ちゃうじゃない」

「掃除は夕方にしてもらったからだいじょうぶさ」ジャスティンはセレナの首筋に唇をはわせた。「僕が電話しておいたんだ」

「ジャス――」セレナは首筋から伝ってくるしびれるような快感に顔をゆがめて耐えた。

「わたしは午後もあなたとベッドで寝ているわけにはいかないのよ。だから、もう放して」

「僕はね、きみが折れるほうにかけているのさ」ジャスティンはセレナの耳もとでささやいた。

「だめ！」セレナが手足をばたばたさせてもがき始める。

「ようし。じゃ、まずレスリングといくかい」

「冗談もいいかげんにしてよ」ぴしゃりとはねつけたものの、ジャスティンの手がわき腹の辺りをはい回ったのでセレナはいつのまにか笑いだしていた。

「冗談なんかじゃない。本気だよ」ジャスティンは体をずらしてセレナを胸に抱いた。

「だったら、わたしが裸同然なのにあなたは服を着たままだなんて、不公平だと思わない？」

「確かに」ジャスティンは手を彼女の腰にはわせた。「だけど、なにしろ僕の両手は今忙しいから」

ジャスティンの指先が敏感な部分に触れ、セレナは思わずあえぎ声を漏らした。「ジャ

「そろそろやめようか？」悩ましい愛撫《あいぶ》を続けながら、わざと冷淡にジャスティンがきいた。

「いじわる……」セレナはジャスティンの髪に指を差し込んで彼の顔を引き寄せた。

いつものようにジャスティンのキスは完璧《かんぺき》だった。彼の唇が触れるたびに、体の芯《しん》がとろけるような快感がセレナの中を駆け抜ける。しかもその刺激はいつも新鮮だ。彼女は着替えのことも忘れて無我夢中でジャスティンのキスに応《こた》えた。

一方のジャスティンは、セレナの従順な反応を楽しみながら、彼女の興奮と欲求の高まりを心待ちにしていた。今や彼女は完全にジャスティンの支配下にあった。ほんの少し前にはなまいきとさえ思えた女性が、今はまるでか弱い子羊のように彼の手の中で打ち震えている。ジャスティンは急にセレナがいとおしくなり、自分で信じられないほど優しい手つきで愛撫し始めた。

ジャスティンが唇を重ねるとセレナののどの奥からかすかな嗚咽《おえつ》が漏れた。セレナは目をうっすらと開けて彼の瞳を見つめる。そしてジャスティンが舌でセレナの唇をゆっくりとなぞると、彼女のまぶたは小刻みに震えた。いつのまにかジャスティンの手の動きは止まり、セレナの唇を味わっていた。彼女を支配しているという感覚がしだいに薄れ、彼女に優しく包まれているという安心感が芽生えてくる。

「セレナ……」ジャスティンがささやいた。「僕はきみを愛している。とてもことばではいい表せないくらい……」

　ジャスティンは再び激しく唇を重ねた。ふたりの舌が狂ったように絡み合う。ジャステインの背すじに震えが走り、果てしなく高まる欲情に身を任せた。

　セレナはバスローブを脱ぎ捨て、生まれたままの姿になるとジャスティンのセーターをゆっくりと脱がせ始めた。それもセーターの首から抜き取る一瞬を除き、ずっと彼の唇に自分の唇を押しつけたままで。セレナはさらにズボンに手をかけゆっくりとはぎとっていった。ジャスティンはなまめかしい彼女のしぐさにいい知れぬ興奮を覚えながら、上体をかがめてセレナの素肌に手をはわせた。

　ふたりは一糸まとわぬ姿になると、横たわったまましっかりと抱き合った。ジャスティンはセレナの白い肌に唇をはわせながら、しだいに体をずらしていった。セレナは身をくねらせ、甘いあえぎ声を上げながらそれに応えた。やがてうずくような官能の嵐《あらし》が全身を駆け巡り、身を責めさいなむような興奮に駆られて、セレナはいきなり上体を起こすとジャスティンに覆いかぶさっていった。

　ジャスティンと向き合ったセレナは、汗ばんだ彼の首筋やのどもとに激しいキスの雨を降らせた。かすかな塩気が舌を刺す。が、それすらも彼女の官能を刺激した。セレナはジャスティンにされたように汗の光る彼の肌に唇をはわせながらその唇を下へ下へとずらしていった。すべすべした固い胸から、筋肉が波打つおなかの辺りに進み、傷跡のあるわき腹にたどり着く。そして傷跡にそっと唇を押し当て、さらに下に進もうとしたとき、ジャスティンに抱き上げられてしまった。

再び唇を合わせ、ふたりはお互いの体を狂ったようにまさぐった。セレナは無意識のうちに両足をジャスティンの体に巻き付け、悩ましく腰をくねらせ始めた。ついに彼はセレナの腰に両手を当てると、勢いよく彼女のもっとも秘めやかな部分に侵入した。ふたりは完全に一つになり、セレナは甘いうめき声を上げてジャスティンにしがみついた。

ふたりは抱き合ったまま同じリズムで揺れ始めた。セレナが息も絶え絶えに彼の名を呼ぶ。ジャスティンは彼女をしっかりと抱きかかえたまま上体を起こした。吠《ほ》えるようなセレナの喜びの声が室内に響きわたり、ふたりの体はいっそう深く一つになった。やがて息も止まるかと思えるほどの恍惚《こうこつ》の瞬間がやってきたあと、ふたりはそのままシーツの上に崩れ落ちた。

「まだ何かもの足りないような気がする」荒い息の合間にジャスティンがかすれ声でささやいた。「なぜだろう……」

「そんなものよ」口で大きく息をしながらセレナがささやき返した。「完全に満ち足りるなんて、あり得ないと思うわ」

その後ふたりは呼吸を整えながら、横になってしばらく黙って抱き合っていた。セレナはジャスティンの腕の中で、静かに目を閉じていた。鼓動がだんだん緩やかになり、呼吸の音もしだいに小さくなっていく。

「きみしかいない」ジャスティンがけだるく口を開いた。「僕にはきみしかいないんだ」

セレナは顔を上げてジャスティンを見つめると、彼のあごに指をはわせて笑顔でささやいた。「狂気を伴わない愛なんて、愛でもなんでもないわ。わたしはそれが今初めてわかった気がするの。わたしもあなたと同じ気持ちだから……」

ジャスティンはセレナの指を自分の唇に持っていき、音を立てて吸った。「学のある人は、さすがにいうことが違うね。で、その学のあるきみも狂気に身を任せるつもりになった、とでも？」

セレナは鼻にしわを寄せると、ひじで彼の胸板を突いた。「学のあるなしなんて関係ないわ」

「僕はきみのそんなところが好きなのさ」ちゃかすようにジャスティンがささやいた。「ところできみはずいぶん長く大学にいたようだけど、かなりできがよかったんだろうね」

つんと澄ました表情でセレナが応える。「あら、今でもいいつもりよ」

「これは失礼」ジャスティンはにやっと笑ってセレナの髪をかき上げた。「で、きみは学位をいったいいくつ持ってるの？」

「そんなことどうだっていいでしょう？　それより、あなたのほうはどうなの？　自分でも相当頭のいいほうだと思ってるんじゃないの？」

「うん、きみの頭のよさが理解できる程度にはね」ジャスティンはセレナの唇に軽くキスをした。「だけど、きみはアランやケインのように政治と法律を勉強してみようとは思わなかったのかい？」

「ちっとも。そんなの退屈なだけですもの」セレナもジャスティンの下唇にキスをした。「それに、わくわくするようなことは、ほかにもまだたくさんあるわ。そうでしょう？」

「ふうーん」ジャスティンはセレナのキスの余韻を楽しむかのように目を閉じた。「カジノホテルの経営もそうだといいたいわけだね？」

「もちろん。で、わたしはやりたいと思ったことは必ず実行するというわけ。だいいち、人生に楽しみがなければ、学位をいくつ持っててもしかたないと思わない？」セレナはため息をついてジャスティンの胸にほおを寄せた。「わたしは学者になろうとして勉強を続けていたわけじゃないの。自分の好奇心を満足させることができればそれでよかったの。あなたは？　どうしてカジノホテルを？」

「それが自分に向いていると思ったからさ」

セレナはにやにやしながら顔を上げた。「わたしが学生のプロになろうと思ったのと同じね。もっとも、わたしの場合は学生生活にあきたりなくなって、とうとう足を洗っちゃったけど。でも——」彼女は得意そうにあごを突き出した。「カジノホテルの経営ならわたしにも向いていると思うし、やっていける自信もおおいにあるわよ」

「それはネロも認めていた」

セレナはますます得意そうに顔を輝かせた。「さすがネロだわ。どうしてあなたは彼をマネージャーにしなかったの？」

「彼はそういった役職に興味がないのさ。それに、人の決断を仰ぐほうが性に合ってるみたいなんだ」ジャスティンはセレナの背中に手をはわせた。「だけど、もめ事の処理では彼の右に出るものはいない。来年、マルタ島にもいっしょに行ってもらうつもりだよ」

「あちらのホテルの買収はもうすんだの？」

「まだだけど、根回しはほとんど終わってる」ジャスティンはいったん口を閉じて、セレナの顔をまじまじと見た。「実をいうとね、僕は以前から共同経営者になってくれる人間を探していたんだよ」

「ほんとうに？」セレナは意外そうに目を大きく見開き、顔をほころばせた。「じゃあ、わたしが来たのは、まさにグッドタイミングだったわけなのね？」

ジャスティンは彼女の顔を両手で挟んで唇に軽くキスをした。「そういうことになるんだろうね。初めはきみと組むつもりはまったくなかったけど」

そのとき突然電話が鳴り、ジャスティンはうんざりした表情でうなり声を上げた。くすくす笑いながらセレナが彼ののどもとに唇を押し付ける。

「もしもし、ブレードだが」受話器を引ったくるとジャスティンは不きげんそうに答えた。彼はいらいらしたようすで話を聞いていた。「わかったよ、ケイト。すぐ下りていくよ」セレナのほうに向き直る。「なんだかよくわからないけど、オフィスで何かあったみたいだ」

セレナはため息をつき、なだめるようにジャスティンの背中に手をはわせた。「気が休まるときがなくてたいへんね」

「この一週間やってみて、よくわかっただろう？」ジャスティンは片手でセレナのほおを軽くたたいて、しぶしぶベッドから下りた。服を着ながら、ふとセレナにもオフィスまで来てもらおうかと思った。が、たいした用事でもなさそうだし、と考え直し、明るい口調でいった。「すぐに戻ってくるから、ここでゆっくりしているといい。ランチを頼んでおいてくれるとありがたいがな」

夕方までに片づけておくべき仕事がたくさんあったが、セレナはにっこり笑ってうなずいた。「わかったわ。で、ランチは三十分後くらいでいいかしら？」

「ああ、そんなところだろうね」身じたくを整えたジャスティンはセレナにウインクしてエレベーターに向かった。

彼はオフィスに入っていくと、こわばった表情の秘書のケイトが黙って白い封筒を差し出した。

「フロント係のスティーブがさっきカウンターの上で見つけたの。たぶん……」ケイトは緊張のあまり声を詰まらせた。気持ちを落ち着けて続ける。「あなたがラスベガスで受け取ったのと、同じだと思うけれど……」

「ああ……」

ジャスティンはケイトの話を聞きながら、険しい顔で封筒を食い入るように見つめていた。確かに同じだった。新聞から切り取って貼《は》り付けたと思われる文字の列。しかもそれは〝ジャスティン・ブレードへ〟となっている。彼は一瞬、その封筒をずたずたに引き裂いてしまおうかと思ったが、すぐに思い直してペーパーナイフで封を開けた。手紙が入っていた。彼は緊張した面もちでその便せんを広げた。思ったとおり、そこにも大小さまざまの切り抜き文字が並んでいた。

まだ終わったわけではない。

今に思い知らせてやる。

ジャスティンは脅迫状の文面をもう一度読み返したあと、かみつかんばかりの勢いでケイトにいった。

「すぐ警備会社に連絡してくれ。それと、警察へもだ！」

11

セレナはうきうきした気分でジーンズをはき、黒のアンゴラのセーターを着た。きょうは夕方までジャスティンとのんびりしているつもりだ。仕事といっても伝票の整理だし、それならあすの午前中に大急ぎでやっても間に合う。考えてみればセント・トーマスの一日以来、ジャスティンと朝から晩までいっしょという日が一日もなかった。彼といっしょにいられることに比べれば、あすの朝少々早起きをするくらいなんでもなかった。

セレナは満足そうに思い出し笑いを浮かべながら、ドレッサーの引き出しを開けた。中からベルベットの小箱を取り出す。ジャスティンはそのイヤリングをセント・トーマス島で買ったと告白した。セレナにはそのことが、たとえようもなくうれしかった。ふたりが〝関係〟する前に買ってあった、というその事実が。

それにしても不思議な人ね。セレナは小箱の中のイヤリングを見つめながら、今さらのようにジャスティンの人となりを思った。クールな面とホットな面が微妙なバランスを保っていて、朝食にシャンパンを飲んだり、すみれの花をプレゼントしてくれたりするような遊び心も持っている。しかも、野性を思わせる激情の爆発がいつ起こるかわからない、という危険性も秘めている。要するに、セレナにとってジャスティンはとてもひと言ではいい表せないほどの魅力を備えた恋人なのだ。

セレナはつい先ほどのジャスティンとのやり取りを思い出して、くすくす笑い始めた。

〝きみの頭のよさが理解できる程度にはね〟と答えたときの彼の澄ました顔がなんともおかしかった。ほんとうに理解できてるかどうか試させてもらうわよ。セレナはひとりつぶやきながら、ドレッサーの引き出しから二十五セント玉を取り出した。それは両面が表の〝いかさまコイン〟で、ジャスティンが着の身着のままでラスベガスに行っていたときに、クローゼットの彼のズボンから発見したものだった。

覚えてらっしゃい。これでぎゃふんといわせてやるから。セレナはにんまりと口もとをほころばせて、そのコインをジーンズのポケットに滑り込ませた。けれども、鏡に映った自分の姿に気づいたとたん、セレナはあんぐりと口を開けるはめになった。髪の毛がほうぼうに飛び跳ね、まるで鳥の巣のようになっていたのだ。彼女はルームサービスにランチを頼む前に、まず髪を整えておくことにした。

ところが、いくらもブラシをかけないうちにドアをノックする音がして、セレナはブラッシングを中断しなければならなかった。

「ちょっと待って！」彼女は大声を上げて、ヘアブラシを持ったままドアに向かった。レナ・マックスウェルに軽くあしらわれたアランとケインが泣きついてきたに違いないと当たりをつけた。ドアを開けながらあざけるように声をかける。「だから、おとなしくしていれば――」

「すみません。掃除に来ました」

セレナは驚いてボーイを見つめた。二十歳《はたち》そこそこの小柄な若者で、その顔にははにかむような笑みが浮かんでいる。

「あの、またあとで来ましょうか？」もじもじしながらボーイがことばを続けた。

「いいえ、いいのよ。ごめんなさい。ちょっとほかのことを考えていたものだから」セレナはドアを大きく開けながら心の中でジャスティンを責めたてた。気を利かせてランチの前にボーイに掃除をさせることにしたんでしょうけど、それならそうと、どうして連絡してくれなかったの？

「ところで、あなたは新しく入った人？」セレナが声をかけた。彼は慣れない手つきでランドリー用の大きな荷車を部屋の中に入れようとしていた。

「ええ、きょうからなんです」伏し目がちにボーイは答えた。

セレナはわけ知り顔でうなずいて、ボーイににっこりとほほ笑みかけた。「そう、それはたいへんね。わたしはすぐ出ていくから、自分のペースでやるといいわ。始めるとすれば、キッチン辺りから――」

へアブラシでキッチンの方向を示したセレナの鼻と口が、後ろからふさがれた。彼女は驚いて悲鳴を上げようとしたが、そのとたんに刺激臭のある甘い香りが鼻の奥いっぱいに広がり、頭の中が急にぐるぐると回り始めた。

事態をのみ込んだセレナは、もうろうとした頭にもかかわらず抵抗を始めたが、それもむなしくやがて意識は遠のき、だらんと垂れ下がった手からブラシが転げ落ちた。


「うちのフロント係がカウンターで見つけたんですが」レニッキ警部にジャスティンが説明した。「でも目撃者を見つけるのは不可能だと思います。なにしろ人の出入りが激しいときでしたし、フロント係は客の応対に気を取られていましたから」

「でしょうな。犯人はそれほどばかじゃない」警部は脅迫状の端をつまんで、ビニール袋に入れた。「じゃ、さっそくこれを鑑識に回してみますが、用心のために私服を二、三人ホテル内に張り込ませておきましょう」

「ロビーとレストランには、すでに警備会社のガードマンを立たせておきました」

レニッキ警部は白髪まじりの太いまゆを上げてジャスティンを見た。「なかなか手回しがよろしいですな。で、犯人の心当たりは?」

「ありません」

「人の恨みを買うようなことは?」

ジャスティンはにやりと笑った。「ない、と思います。少なくとも個人的には」

「なるほど」警部はため息をついた。「で、今度の脅迫状は、あなたがラスベガスから戻られて以来初めてのものですな？」

「はい」

ジャスティンが簡単な返事しかしないので、レニッキ警部は少しめんくらったようすだった。「従業員の中で最近、退職したとか解雇されたとか、そういったたぐいの人はいませんか？」

ジャスティンは答える代わりに、インターホンのボタンを押した。「ケイト、従業員リストをチェックして、この二カ月の間に首を切った人間をリストアップしてくれ。ほかの四箇所の分も頼む。リストアップがすんだらプリントアウトして、すぐここに持ってきてくれ」

「コンピュータとはまったく便利なものですな」ジャスティンがインターホンを切ると同時に警部が口を開いた。「うちの署でも、おたくのような者がいますよ」ジャスティンが話に乗ってこないので、警部はしかつめらしく話を続けた。「しかしまあ、厳重に見張っておれば、犯人もそうやすやすとはホテルに入ってこれないし、ましてや爆弾をしかけるなんて――」

「簡単にできると思いますよ」ジャスティンがぶっきらぼうに警部のことばを遮った。

「フロントでチェックインさえすれば、大手を振ってホテル内を歩き回れるんですから」

「ごもっとも」警部は納得したようにうなずいた。「じゃ、ホテルを閉鎖でもしますか？」

ジャスティンは険しい表情でひじ掛け椅子の警部を見つめた。「冗談じゃない」

「でしょうな」レニッキ警部がゆっくりとひじ掛け椅子から立ち上がる。「いずれにしても聞き込みから始めねばなりませんが、あとはわたしたちにお任せください、ブレードさん。それでは、まずそのフロント係に話をうかがってきましょう。そのあとでまた、ここにおじゃまします」

「どうぞ」ジャスティンも椅子から立ち上がった。

「よろしくお願いします」

レニッキ警部がオフィスから出ていったあと、ジャスティンは再び椅子に腰を下ろしてたばこに火をつけた。彼はセレナがどう抵抗しようとも彼女をハイアニスポートの実家に戻すつもりだった。犯人の手がアトランティックシティにまで伸びてきた今となっては、つべこべいってはいられない。すぐ彼女を安全な場所に避難させて、一刻も早く積極的な対策を講じなければ……。彼は再びインターホンのボタンを押した。

「ケイト、僕はこれから自室に戻るけど、もし電話があったらすぐ回してくれ」ジャスティンは椅子から立ち上がってエレベーターに急いだ。セレナと彼女のふたりの兄を今すぐホテルから立ちのかせるためだ。

　自室に着いたジャスティンはすぐさま窓際のテーブルのほうに視線を向けた。そこには、ランチが用意されていてセレナが待ちくたびれているはずだった。が、あれから一時間が過ぎようとしているのに、テーブルの上は朝のまま。彼女の姿も見えない。彼はセレナがまた眠ってしまったのではないかと思い、寝室へと足を運んだ。しかし、そこにもいなかった。ジャスティンはセレナの名を呼びながらバスルームに急いだ。

　バスルームにはセレナのシャンプーの香りがかすかに残っていたが、彼女があらためてシャワーを浴びた形跡はなかった。ジャスティンは早足でキッチンに入っていった。やはり、いない。いやな予感がした。彼は懸命に頭を働かせながらリビングに引き返した。それにしても、と彼は思った。セレナが部屋にいないからといって、どうして不吉な予感に襲われたり必要以上に慌てふためいたりするんだ？　心を落ち着けてよく考えてみれば、おれは彼女の癖も習性もほとんど知らないじゃないか。ひょっとすると、彼女は僕がまだ知らない行動パターンにしたがって、ホテルの中なり町の中なりをうろついているのかもしれない。そう考えると、ジャスティンは少し気が楽になった。

　そのとき、戸口の近くの絨毯《じゅうたん》の上に、ヘアブラシが転がっているのに目が留まった。ジャスティンは近寄ってブラシを拾い上げた。それは、柄にエナメルが塗ってある小さなブラシだった。彼は呆然《ぼうぜん》とそのブラシを見つめた。再びいやな予感が脳裏をかすめた。ジャスティンは頭を振って自分を叱咤《しった》した。彼女がものを取りちらかすのは今に始まったことじゃなし、そのうちひょっこり部屋に戻ってくるさ！

けれども、今度ばかりはジャスティンの不安は安易に消え去ってくれなかった。彼は胸騒ぎを覚えながら、受話器を取って内線のボタンを押した。「業務連絡で、セレナ・マクレガーを呼び出してくれ」

彼は受話器をあごで押さえてヘアブラシを両手でいじくり回した。それにしても、どうしてセレナはブラシをあんな所に？　彼は自分が安心できるような解答を思いうかべながら戸口のほうを見つめていた。

「マクレガーさんから応答がありませんが」交換手がいった。

ジャスティンの背筋に悪寒が走り、彼はブラシを力任せに握りしめた。「それじゃ、アラン・マクレガーかケイン・マクレガーを頼む。ホテルの客だ」

時間だけが刻々と過ぎていく。ジャスティンはせわしなく腕時計に目をやりながら、じりじりした気持ちで待ち続けた。

「ケイン・マクレガーだが」受話器からケインの声が聞こえてきた。

「ああ、僕だ、ジャスティンだ。セレナはきみといっしょかい？」

「いや。僕とアランは——」

「彼女がどこにいるか知らないか？」

「さあ。昼前にきみの部屋で会ったきりだけど」

「……」

「どうかしたのか？」黙り込んでいるジャスティンの耳にケインのいぶかしげな声が届いた。

ジャスティンはごくりとつばをのみ込んで手の中のブラシを見つめた。「セレナが消えたんだ」

しばしの沈黙の後、ケインがいった。「で、きみは今どこに？」

「自分の部屋だ」

「わかった。僕たちもすぐそこに行く」

数分後、ジャスティンはノックを聞きつけてあわただしくドアを開けた。

「消えたって、どういうこと？」部屋に入るなりケインが口を開いた。「外に出たんじゃないのかな。車は調べてみた？」

「いや」ジャスティンは受話器を取って内線のボタンを押した。駐車場の係員が出た。

「ブレードだが、セレナ・マクレガーは車で出かけたかい？」

ケインが部屋の中を落ち着きなく歩き始めた。アランは小首をかしげて床を見つめている。

受話器に係員の声がした。ジャスティンは無言で電話を切って顔を上げた。「セレナの車はまだ駐車場にある」

「歩いて浜辺にでも出たんじゃないだろうか……」アランがいった。

「もしそうだとしても」無表情な顔でジャスティンが口を挟んだ。「ルームサービスにランチを頼んでから出かけるはずだ。ところが、きみたちが来るちょっと前に確認したんだけど、彼女は何も頼んでいないんだ。ほんとうなら、三十分前にここでいっしょにランチを食べているはずなのに……。それに、ドアの前にこんなものが転がっていた」

アランはジャスティンが持っていたヘアブラシを手に取って、不安げに顔をゆがめた。それは、セレナの十六歳の誕生日にアランがプレゼントしたもので、彼女が大切にしている数少ない〝宝物〟の一つだった。それがなぜドアの前に？

「けんかでもしたのか？」ケインがたずねた。

ジャスティンは口を固く結んでケインをにらみつけた。

「ジャスティン」ケインが早口で続ける。「レナはあれでけっこう気が短いほうだし、怒ってぷいとどこかに出ていってしまうなんて、しょっちゅうだった。だから、もしけんかしたのなら、兄貴がいったように――」

「けんかなんかしてないよ」硬い声でジャスティンがいった。「ベッドで愛し合ったばかりなのに」アランとケインが顔を見合わせるのを見て、ジャスティンはおもむろにことばを続けた。「僕は秘書に呼び出されてオフィスに下りていった。そしたら、僕あての白い封筒を渡されてね。フロントのカウンターの上に置いてあったらしい。開けてみると、ラスベガスで受け取ったのと同じような脅迫状だった」

「ジャスティン」ブラシをソファの前のガラステーブルに置いてアランがいった。「これは警察に通報したほうがいい」

「実は、もう下に来てるんだ。その脅迫状の件で。セレナのことも、さっそく――」そのとき電話が鳴り、ジャスティンはむしり取るようにして受話器をつかんだ。「もしもし、セレナ？」

けれども聞こえてきたのは聞き慣れない男の声だった。「いいか、よく聞け、ブレード。おまえの女は預かったからな」

電話が一方的に切れ、ジャスティンは受話器を持ったままぼう然と立ち尽くした。顔が青ざめ、ほおが引きつったように震えている。

「やられた……」絞り出すような声でジャスティンがつぶやいた。「セレナが、誘拐されたんだ」

レニッキ警部はまゆを上げながらあらためてリビングルームの中を見回した。彼はジャスティンの口調や態度から、もっと冷たい感じの部屋を予想していたが、部屋の中は意外にも明るくて温かい感じだった。

警部はジャスティンに視線を戻した。「では、最初から詳しく話していただけませんか？」

警部を見つめながらジャスティンがいらだたしげに話し始める。「秘書から電話があって、僕はセレナをここに残してオフィスに下りていったんですよ。確か、お昼ごろだったと思います。そのときに、三十分後にここでいっしょにランチを取る約束をしました。ところが、警部さんもご存じのように下でごたごたがありましたから、ここに戻ってくるのが三十分遅れてしまったわけです。戻ってみると、セレナはすでにいませんでした。ドアの前にヘアブラシが落ちているのを見つけ、僕はすぐ業務連絡で彼女を呼び出してもらいました。しかし、彼女からなんの応答もないという。そこでセレナの兄たちを呼び出してもらい、ここに駆けつけてもらった。そしてほんの十五分前に犯人から電話があったというわけです」

「なるほど。それで、犯人はなんといってきたんです？」

ジャスティンは警部の顔を穴のあくほど見つめたあと、吐き捨てるようにいった。「おまえの女は預かった、といってきましたよ」

このとき、窓辺に立って外を見つめていたケインが大声を上げた。「こんな話をしている暇があるなら、さっさとレナの捜査を始めたらどうなんです？」

警部は困惑顔でケインのほうを見た。「だから、まずこうやってお話をうかがっているわけじゃありませんか、マクレガーさん」

「犯人はまた電話をかけてくるだろうな」ひとり言のようにアランがいった。彼はそれまでじっとソファに座ってセレナのへアブラシを握りしめていたのだ。「ジャスティンとマクレガー家の深いつながりに気づいたら、法外な身代金を要求してくるに違いないからな。もっとも犯行の動機が金目当てとしたらだが」

「わたしもそう思いますよ、上院議員」警部はそう言って、ジャスティンのほうに顔を向けた。「盗聴器を電話にセットしたいのですが、了解していただけますか、ブレードさん？」

「どうぞ、お好きなように」

「ジャスティン」ケインが出し抜けにいった。「ブランデー、あるかい？」

「そのサイドボードにあるけど、どうして？」

ケインは軽く肩をすくめた。「一杯引っかけてからじゃないと、とてもおやじやおふくろに知らせる勇気がわいてこないよ」

一瞬部屋の中が静まり返った。すると、突然電話が鳴り始め、ジャスティンはレニッキ警部の指示も待たずに受話器に飛びついた。

「ブレードです」ジャスティンのこわばった顔が、しだいにいらだたしげにゆがんでいく。彼は突っけんどんに受話器を警部に差し出した。「あなたにですよ」

アランとケインがサイドボードの前でひそひそ話を始めた。ジャスティンは部下の報告に聞き入っている警部のそばを離れ、ゆっくりとふたりのほうに歩いていった。

「今兄貴にも話したところなんだけど」ケインがジャスティンにいった。「家のほうへは兄貴が知らせたほうがいいと思うんだ。僕が連絡したんじゃ、よけい心配するだろうから」

「それで」アランが口を挟む。「事情を知ったら、おやじたちはきっとここに来るっていいだすと思うんだけど、かまわないかな？」

ジャスティンは心の動揺をひた隠しにして、きっぱりと答えた。「もちろんだとも」

「今部下から報告があったのですが」電話を終えたレニッキ警部がジャスティンたちに声をかけた。三人の視線がいっせいに警部に向けられる。「地下の駐車場で不審な荷車が発見されました。客室係が使うランドリー用の荷車らしいのですが、エーテルをしみ込ませた布切れが中に入っていたそうです。これで、犯人の手口はだいたいわかりました」

「つまり、エーテルをかがせて、その荷車で下まで運んでいったと？」アランが穏やかに問い返した。

「ほぼまちがいありません。でなければ、だれにも見つからずに妹さんを連れ出せるはずがない」警部はゆっくりと三人に近づいていった。「ところで、ブレードさん。セレナさんの写真をお持ちでしたら、貸していただけませんか？」

ジャスティンは苦しそうに顔をしかめた。「それが、一枚も持っていないんです」

「写真なら僕が持ってる」アランがいった。財布からセレナの写真を取り出して警部に渡した。

「助かります。じゃ、さっそくこれを部下に持たせて犯人の足取りを追わせましょう」警部は写真を上着のポケットにしまい込んだ。「それから、ブレードさん。電話の会話は盗聴器ですべて録音しますので、今度また犯人から電話がありましたら、できるだけ話を長引かせてほしいのです。逆探知したいので。それと犯人から何か要求があった場合は、それに返答する前に、必ずセレナさんを電話口に出すよう犯人に要求してください。人質の身の安全が確認できるまでは、いかなる取り引きにも応じてはいけません。よろしいですね？」

「もし犯人がセレナを出さないといったら？」

「取り引きに応じなければいいのです」

ジャスティンはその場を離れて、崩れるようにソファに座り込んだ。立っているといらいらして歩きたくなるし、歩くと自分の感情を抑えきれなくなりそうだったからだ。

彼はひと呼吸置いて静かにいった。「そんなことはできない」

「ジャスティン」警部より先にアランが口を開いた。彼の声はいつになく少しうわずっていた。「僕は警部さんの考えに賛成だよ。レナの身の安全を確かめるのが先決だと思う。それに、レナの声を聞かせてくれなければ身代金は払わないといえば、犯人はきっとその要求をのむさ」

ジャスティンは苦渋に満ちた表情でいった。「セレナの声が聞けて、しかも彼女を無事に返してもらえるのなら、僕はどんな要求にだって応じるつもりだ」

このときドアにノックの音がした。レニッキ警部が応対に出ると、ドアの外に部下のひとりが立っていた。警部が部下とひそひそ話を始めた。ケインはジャスティンに近寄ってブランデーを勧めた。が、ジャスティンは警部たちの話に聞き耳を立てていた。ケインがもう一度声をかけると、何も言わず首を横に振るばかりだった。

「だいじょうぶ。犯人はじきに逮捕されるよ」警部たちのほうをうかがいながらケインがジャスティンを慰めた。

ジャスティンは蛇が鎌首《かまくび》をもたげるように顔を起こすと、うなるような声でつぶやいた。

「そのときは、犯人のやつをこの手で絞め殺してやる」

セレナは小さくうめいて寝返りを打った。まるでひどい寝不足の朝のように、頭の中にもやがかかり、胸がむかむかした。まぶたがなかなか開かず、少し頭を動かしただけで猛烈な吐き気が襲ってくる。セレナは最初自分が病気になったのかと思った。しかしそんなはずがないということは、もうろうとした頭でもすぐに判断できた。すると、しだいに記憶がはっきりしてきて、まぶたの裏にホテルのドアが浮かんできた。そして、そのドアを開けるとボーイが現れ、それから……。セレナの背すじを戦慄《せんりつ》が走り、彼女は込み上げてくる吐き気を抑えながら、懸命にまぶたを開いた。

そこは狭くて薄暗い部屋の中だった。一つしかない窓にはブラインドが下り、汚れた鏡の掛かった壁の前には安っぽい木製の机と古ぼけたロッキングチェアが置いてあった。電気スタンドの類はまったくなく、照明器具といえば天井にむき出しになっている蛍光灯だけだった。

ブラインドのすき間から日の光が漏れている。どうやら昼間らしい。けれども、それが何日の昼間なのかセレナにはさっぱりわからなかった。それに、今いる所がどこかということも。

セレナは部屋の真ん中に置いてあるダブルベッドに寝かされていた。ゆっくりと体を起こす。すると突然右手に衝撃が走った。顔をゆがめてその方向に目をやると、手錠で右手がベッドの支柱につながれている。セレナはあまりの恐怖に顔を引きつらせた。吐き気など、もうどこかに吹き飛んでいた。

でも、どうしてあのボーイがこんなことを？　セレナは気を落ち着けて考えを巡らせようとした。けれども、浮かんでくるのは後悔の念ばかり。今さら後悔しても始まらないのはわかっていても、彼女は自分の愚かさをのろわないわけにはいかなかった。ジャスティンのいうとおりにしていれば、こんなことにはならなかったはずなのに……。彼女は下唇をかみながら心の中で彼の名を呼んだ。

いずれにしても、早くここから脱出しなければ。セレナは支柱のほうにはい寄っていき、左手で手錠の鎖を持って思い切り引っ張ってみた。が、手錠も支柱もびくともしない。彼女は手首の痛みも忘れて、やけになって右手を動かした。だが、ドアの外に足音が聞こえたので、セレナは急いで元の姿勢に戻った。

ドアが開き、見覚えのある顔の若者が入ってくる。やはりあのときのボーイだわ。セレナは彼の顔をじろじろ見た。まだ顔にあどけなさが残っている若者で、ふたりの目が合ったとき、どぎまぎしたのはむしろ彼のほうだった。とても誘拐などというだいそれたことをする男には見えなかった。

「おとなしくしていれば危害は加えないから、安心しな」どすを利かせた声で若者はいった。「ただし、ちょっとでも騒いだり叫んだりすると、こっちにも考えがあるから、そのつもりでいろ」

このときセレナは彼のカップを持った手が、小刻みに震えていることに気づいた。

この若者を刺激してはいけない……。彼女は直感的にそう判断し、ことさら穏やかに返答した。「わかったわ」

「じゃ、これでも飲みな」若者はカップをセレナに差し出した。「別に毒は入ってないから。安心していい。ただの紅茶だ」

セレナはわざと手を震わせながらカップを受け取った。おびえているふりをしておけば、彼のほうに気持ちの余裕が生まれ、いつか必ずすきを見せると思ったからだ。もっとも、その気がなくても彼女の手は自然に震えだしていたかもしれないが。

「あ、ありがとう」セレナは手錠のかぎのありかを推測しながら、大げさに声を震わせた。「その前にバスルームを使いたいんだけど、いいかしら？」

「ああ。ただし、妙なまねは絶対するなよ」

セレナがうなずくと、若者は彼女のカップを取り上げて机の上に置いた。そして、ジーンズの右ポケットからかぎを取り出し、手首の側のかぎ穴に差し込んだ。が、彼はすぐには手錠を外そうとしないで、セレナの顔を食い入るように見た。

「逃げようとしたり大声を上げようとしたりしたら、容赦しないぜ」落ち着いた口調で若者がいった。「わかったか？」

セレナは再びうなずいた。彼が意外にも冷静であることに驚きながら。

手錠が外されたあと、セレナは若者に付き添われてバスルームに向かった。

「おれは外で待ってる」ドアの前で彼がいった。「いいか、くれぐれも妙な考えは起こすなよ」

セレナは無言でうなずいてバスルームに入っていった。ドアを閉め、ふうっと息をついてから、じっくりと中を見回す。狭いバスルームだった。窓はなく、武器になりそうなものもまったくない。金属製のタオル掛けがあるとはいえ、そんなものを隠し持つのは不可能だ。彼女は下唇をかみながら洗面台に水を満たした。何か別の手を……と考えながら顔を洗い終わってバスルームを出たセレナは、ベッドに戻り、おとなしく手錠につながれた。これといった名案が浮かばないのなら、とりあえず従順なか弱い人質を演じ続けるしかなかった。もちろん、逃げ出すチャンスをうかがっていることなど、おくびにも出さずに。

「あなたは、どうしてこんなことを?」若者が手錠をかけ終わったとき、セレナが何気なくたずねた。「もしよろしかったら聞かせていただけない?」

「あんたには関係のないことだ」かぎをかけた手錠のぐあいを調べながら若者が答えた。

「やつが金を払えばすむことさ」

「やつって?」

若者の表情がこわばり、ややあって彼は押し殺した声でいった。「ブレードに決まってるだろう?」

「ということは、彼に……身代金を要求するってわけ?」

「ああ、そうだ」

「でも、どうして?」セレナは早口で問い返した。

「お金ならわたしの父にいったほうがいいのに。父はね——」

「あんたのおやじの金なんかいるかよ！」若者の突然のけんまくに、セレナは演技でなく震え上がった。彼はさらにことばを続けた。「おれはブレードの金が欲しいんだ。身代金を払わせて、やつを一文なしにしてやるんだ」

「じゃ、ラスベガスのホテルに爆弾をしかけたのも、やはりあなたなのね……」ひとり言のようにセレナはいった。

若者は再び彼女にカップを手渡した。「まあな」

一瞬セレナはカップを彼の顔に投げつけようかと思った。だが、もし手の届かない所で彼に気絶されても困るので、ぐっと怒りをこらえて何食わぬ顔で尋ねた。「なぜなの？」

「やつがおれのおやじを殺したからだよ」若者は吐き捨てるようにいい放つと、大またで部屋から出ていった。


犯人のやつはどうして電話をしてこないんだ！　ジャスティンはいらだたしげにコーヒーの残りを飲み干して、たばこに火をつけた。窓際のテーブルでは、録音装置と仮設の専用電話を囲んでふたりの刑事が待機している。アランはダニエルとアンナを迎えに車で空港に向かっており、ケインはさきほどから落ち着かないようすでリビングルームの中を歩き回っていて。

日はすでにとっぷりと暮れ、雲行きも怪しくなるいっぽうだった。そのうち雨になるだろう。ジャスティンは両手に顔をうずめた。セレナはいったいどこに連れていかれたんだ。どうしておれは彼女をひとりにしてしまったんだ。彼女はいったい無事なんだろうか。

ジャスティンははっと顔を上げて小刻みに頭を左右に振った。すっかり弱気になっている自分がいまいましかった。指に挟んでいた吸いかけのたばこを灰皿でもみ消し、ため息をつきながらソファの背に体を預ける。

突然目の前のガラステーブルに移しておいた電話が鳴り始めた。

「できるだけ話を長引かせてください！」ジャスティンが受話器を取る前に刑事のひとりが叫んだ。「それと人質の無事を必ず確認すること。いいですね？」

録音テープが回り始め、じりじりしていたジャスティンは引ったくるように受話器を取った。

「ブレードです」

「女を戻してほしいか、ブレード」

ジャスティンは思わず息をのんで目を大きく見開いた。昼間かかってきたときには動揺していて気がつかなかったが、その声はラスベガスで聞いたのと同じ男の声だったのだ。

「で、いくら欲しいんだ？」

「現金で二百万ドル。ただし小額紙幣でだ。受け取りの場所と時間はまた連絡する」

「ちょっと待ってくれ。セレナと話がしたい」

「だめだ」

「きみはほんとうにセレナといっしょなのか？　はったりじゃないのか？」ジャスティンはわざと挑発的に問いかけた。「もしうそじゃないのなら、彼女の声を聞かせてみろ」

「考えておこう」

「もしもし――」またもや電話が一方的に切れ、ジャスティンは力なく受話器を元に戻した。


セレナは毛布にくるまってベッドの上で震えながら横になっていた。日はすでに落ち、部屋の中は真っ暗でかなり冷え込んできた。薄いセーターにジーンズ、それと素足といったかっこうでは寒いのが当然だったが、彼女が震えているのはそのせいではなかった。彼女の頭の中は、若者が最後にいったことばでいっぱいだったのだ。やつがおれのおやじを殺した、と彼はいった。

つまり、彼はジャスティンに襲いかかった男の息子なんだわ。そして、復讐《ふくしゅう》のためにこんなことを……。セレナは震えながら考えを巡らせた。でも、もしそうだとしても、父親が死んだとき彼はまだほんの子どものはずだわ。まさか、彼はそのころからジャスティンを恨んでいたっていうの？　セレナの背すじに戦慄が走り、彼女は思わず毛布の端を握りしめた。

しかし、恐れおののいてばかりもいられなかった。ジャスティンの予感どおり、一連の犯行は金目当てでなく、個人的な恨みが動機になっているのだ。犯人は身代金をせしめるだけでほんとうに満足するだろうか。「危害を加えない」という犯人のことばを真に受けていいのだろうか。セレナは犯人の顔を見ている。しかも、犯人がだれであるかを知ってしまっている。確かに彼は冷血漢には見えないが、たくさんの人の出入りするホテルに爆弾をしかけた男なのだ。身代金と引き替えに彼女が無事に解放されるという保障はない。

セレナは額に脂汗をにじませた。一刻も早くここから逃げ出さなければ！

セレナは目を閉じて全神経を耳に集中させた。人里離れた所なのか。通りの喧騒《けんそう》らしきものはまったく聞こえない。時折波音のようなものが聞こえてくるが、ひょっとするとただの風の音なのかもしれない。

セレナは枕《まくら》もとのカップを見つめた。これを投げてガラス窓を割ったら？　そして大声で叫べば、だれかひとりくらい助けに来てくれるのでは？　けれども彼女がそのかけを実行に移そうかどうか決めかねているうちに、ドアの外に足音が聞こえ、若者が部屋に戻ってきた。

「サンドイッチを買ってきた」明かりをつけたあと、興奮した面もちで彼はいった。

セレナはまぶしそうに顔をしかめて、枕もとのほうにずり上がった。

「まあ、これでも食べて元気を出しなよ」紙包みを手渡しながら若者が続けた。「それに、なにもそうおびえることはないだろう？　おれはあんたに手出しするつもりはないんだから」

「でも、わたしはあなたの顔を知っているのよ。なのに、わたしを無事に帰してくれるっていうの？　信じられないわ」セレナは上体を起こし、度胸を決めて真正面から切り出した。いよいよというときには、彼と格闘してでも手錠のかぎを奪う覚悟だった。幸い彼は小柄だし力も弱そうだ。

「心配するなって」彼はにんまりと顔をほころばせて、部屋の中を歩き始めた。「計画どおりに事が運べば、万事うまくいくのさ。つまり、あんたが発見されたときには、すでにこのおれはやつらの手が届かない所でリッチな生活を始めているってわけ。なにしろ二百万ドルの現なまがちょうだいできるんだからな」

「二百万ドル……」セレナがつぶやいた。「そんな大金、ほんとうにジャスティンが払うかしら」

若者は声を上げて笑いだし、セレナを見つめて自信に満ちた口ぶりでいった。「払うとも。やつが払わないはずがない」

「ところで、あなたはさっき、ジャスティンがあなたのお父さんを殺したっていったわね」

「そうさ。やつは人殺しだ」

「でも、ジャスティンの話では、正当防衛が認められて無罪に——」

「そうだとも、やつは人殺しのくせに無罪放免になったのさ！」若者はかみつかんばかりの勢いでしゃべり始めた。「おふくろがいってたけど、やつはみんなに同情されて無罪になったんじゃないか。身寄りのないインディアンの浮浪児だったから。それに、やつの弁護士が証人を買収したともいってたぜ、うちのおふくろがな！」

そういうことだったの……。セレナは説得をあきらめた。彼の母親はきっと、ジャスティンのわき腹の傷やその傷ができたいきさつについてはひと言も触れずに、何年間にもわたって息子に中傷を吹き込んできたに違いない。だとすれば、今さらセレナが説明したところで、彼の怨念《おんねん》が晴れるはずもなかった。

「だいじょうぶ。やつは必ず払ってくれるさ」セレナが押し黙っていると、慰めるような口調で続けた。「そうしたら、あんたはもう自由の身だ。だけど、あとで犯人がこのおれだと知ったら、ブレードのやつ、さぞびっくりするだろうな」

若者が再び声を上げて笑いだすのを見て、セレナは真剣な表情で彼を見上げた。

「あなた、名まえはなんていうの？」

「テリーだ」ぶっきらぼうだったが、意外と素直に答えた。

「じゃ、テリー、一つきくけど」セレナは背すじを伸ばした。「あなたはこんなことをして逃げおおせると思ってるの？　ジャスティンはきっと警察に連絡してるし、ここだってすぐ発見されるわよ」

「おれの計画にぬかりはないさ」テリーはこともなげに話し始めた。「今度の計画は、きのうやきょう、思いついたものじゃないんだ。ラスベガスの一件だって、やつらが爆弾を発見するのは最初から計画に入っていたのさ。ただほんの五日前までは、あんたじゃなくてブレードをさらってくる予定だったけどね。でもまあ、あんたには気の毒だけどこれで正解だったと思うよ。やつがどれほどあんたにいかれているかちゃんと調べはついているし、実際、電話に出たときのブレードは、こっちが噴き出しそうになるくらいうろたえていたものな」

「テリー……」

「あんたは心配しなくていい。おとなしくしていればほんとうに何もしないから。身代金を受け取ったら、その十時間後にやつに教えてやるつもりなんだよ。あんたがここにいることをね」テリーはセレナが持っている紙包みに視線を注いだ。「だから、それでも食べて早くぐっすり寝ることだね」

そして彼は、呆然としているセレナを残して足早に部屋から出ていった。

「いったい警察は何をしているんだ！」ダニエルはリビングルームをせわしなく歩き回りながら、テーブルのふたりの刑事のほうを片手で示した。「見てみろ。レナが誘拐されたというのに、彼らはのんきにポーカーときたもんだ！」

「彼らだって、できるだけのことはやっていると思いますよ」アランが静かに諭した。「犯人の声はすべて録音してあるし、もう少し犯人と長く話ができれば逆探知も成功するでしょうし。それに、今鑑識では荷車に付いていた指紋を残らず照合しているらしいですよ」

「ふん！　そんなものがどこまで当てになるものやら」ダニエルはいまいましげにののしった。「その証拠に、いまだに目撃者すら捜し出せていないじゃないか」

「ダニエル」ジャスティンと並んでソファに腰掛けていたアンナが、穏やかな口調で夫をたしなめた。柔らかい響きの声だったが、そのひと声でダニエルは黙り込み、ふてくされた子どものように暗い窓の外に顔を向けた。

アンナは夫から隣のジャスティンに視線を移して、彼のひざにそっと手を載せた。「ジャスティン……」

けれども、ジャスティンは力なく首を振り、無言のままふらふらと立ち上がった。セレナが誘拐されてすでに六時間が過ぎようとしていたが、これ以上アンナに優しく声をかけられては、自分を正常に保っていられなくなりそうだったのだ。彼はよろよろと寝室に入っていき、後ろ手に静かにドアを閉めた。

寝室の中はセレナがいなくなったときのままだった。ベッドの上には彼女のバスローブが脱ぎ捨ててあり、ドレッサーにはベルベットの小箱がふたを開けたまま置いてあった。小箱の中でイヤリングがきらきら輝いている。ジャスティンは小箱から目をそらした。昨夜それを着けたときのセレナの上気した顔が思い出されて、とてもまともに見ていられなかった。

ジャスティンの中で恐れと怒りが再び大きな渦を巻き始め、彼の全身がじっとりと汗ばんできた。室内の静寂が彼を押しつぶすようにのしかかってきて、窓の外から聞こえてくる雨音は彼の気分をいっそうめいらせた。ジャスティンは激しく自分を責めていた。セレナを残してひとりでオフィスに下りていったことが、取り返しのつかない結果を招いてしまった。しかも彼はうかつにも、キスもしないでセレナと別れてしまったのだ。

「なんてことだ!」ジャスティンはどっかりと椅子に腰を下ろした。両手を顔にうずめる。そのとき、ドアに柔らかいノックの音がして、彼が顔を上げると同時にダニエルが遠慮がちに入ってきた。

「ジャスティン……」ドアを閉めたダニエルが小さく声をかけた。それは、ジャスティンがいまだかつて聞いたことがないほど弱々しい声だった。「さっきはすまん、年がいもなくつい取り乱してしまって……」

ジャスティンはゆっくりと椅子から立ち上がり、両手をズボンのポケットに入れた。

「いいえ、いいんです。あなたの気持ちは痛いほどよくわかりますから。今度のことは元はといえば、すべて僕の責任――」

「それは違う」ダニエルはジャスティンに近寄り、彼の両腕をしっかりとつかんだ。「きみの責任だなんてとんでもない。これは計画的な犯行だ。レナを守る術《すべ》はなかったといってもいいかもしれん。だから、わたしはやり切れない思いでいっぱいなんだ」

「それは僕も同じだ」ジャスティンはダニエルの瞳を見つめた。「僕は彼女を愛しているんです」

ダニエルは大きくため息をついてジャスティンの腕から手を放した。「ああ、それはよくわかっているよ」

「犯人がどんな要求を突き付けてこようとも、僕はそれに応じるつもりです。彼女が無事に戻ってくれさえすれば、僕は破産したってかまわない」

ダニエルは無言でうなずいてジャスティンの背中に腕を回した。「さあ、向こうでみんなといっしょに待とう。そのほうがお互い、何かと心強いからな」

12

セレナは寒さで目を覚ました。サンドイッチを食べ終わったあと、知らないうちに寝入ってしまったらしい。

テリーが部屋に入ってくる。彼は差し込み式の電話を手に持っていた。「さあ、ちょっと電話をかけてもらうよ」

「だれに？」

「決まってるだろ？　今ごろ不安と恐怖で脂汗を流している男にだよ」テリーは電話のコードを壁のジャックに差し込んだ。「やつにこういうんだ。元気でいる、とな。よけいなことはいっさいしゃべるなよ。いいな？」

セレナがうなずくと、テリーは彼女に受話器を渡してダイヤルを回し始めた。

電話が鳴りだしたとき、ジャスティンはちょうど冷めたコーヒーを飲みかけたところだった。彼は放《ほう》り投げるようにカップをガラステーブルに戻し、わしづかみに受話器を取った。

「ブレードです」

セレナは涙をこらえるために目を閉じ、ひと呼吸おいてからはっきりといった。「わたしよ、ジャスティン」

「セレナ！　だいじょうぶかい？　けがはないかい？」

大きく息をしたあと、セレナはテリーの目を見つめながら口を開いた。「元気でいるわ。傷跡もないし」

「で、今どこに？」

このときテリーが通話口に手を当てて、受話器をセレナの手からもぎ取った。

「女を戻してほしかったら、あすの朝までに小額紙幣で二百万ドル用意しろ。ただし、札にへたな小細工はするなよ。受け取りの時間と場所はまた連絡する。連絡があったら、おまえひとりで持ってこい。女がかわいかったらいうとおりにしろ。いいな、ブレード？」

返事も待たずにテリーが電話を切り、セレナは枕《まくら》に顔をうずめて泣きじゃくった。ジャスティンの声を耳にして、それまでこらえにこらえていたものが一気に爆発したのだ。

一方のジャスティンは、受話器をゆっくりと元に戻してみんなのほうに顔を上げた。

「セレナは無事だ」

「よかったわ！」アンナがジャスティンの腕を両手でつかんだ。「それで、これからどうすればいいの？」

「犯人からいつ連絡があってもいいように、すぐ現金を用意しなければ」

「じゃ、こちらもさっそく尾行の用意をさせましょう」レニッキ警部は勢いよく椅子から立ち上がった。

「お断りします」

「ブレードさん、いいですか?」警部が早口でいった。「こんなことはいいたくありませんが、身代金を渡したからといって、セレナさんが無事に戻ってくる保証はどこにもないのですよ。それに、この手の犯罪では――」

「お断りします」ジャスティンはがんこに突っぱねた。「僕は犯人の指示に従いたいんですよ、警部さん。だから、尾行はやめてください」

警部はため息をついた。「じゃ、こうしましょう。現金を入れるケースに発信機を取り付けるのです。そうすれば、尾行を付けなくても犯人の足取りはつかめます」

「もし犯人が発信機に気づいたらどうなります?　ですから、それもやめてください。僕は危険なかけはしたくないんです」

「あなたは二百万ドルをみすみすどぶに捨てるおつもりですか?」警部は色をなしていい放ったあと、そこにいる中ではいちばんものわかりのよさそうなアンナに顔を向けた。

「奥さん。わたしたちはお嬢さんを救出するために、できる限りの手を尽くしたいのです。なんとかお力になっていただけませんか」

アンナは隣に座っているジャスティンの腕に手を載せたまま、落ち着いた表情で警部を見上げた。

「警部さんのお気持ちもお立場もよく存じ上げているつもりですけれど、わたしもどちらかといえば、ジャスティンと同じ意見ですわ」

「紙幣の番号を全部控えておけばいい」ケインが口を挟んだ。「そうすれば、必ずどこかであしが付くはずだよ」

「妹さんが無事に戻るという確証があれば、それも一つの手でしょうな、犯人逮捕のためのね」警部は皮肉混じりに切り返して、再びジャスティンのほうに顔を向けた。「いいですか、ブレードさん？ 身代金を渡すまでは、おそらく人質の身の安全は保証されているでしょう。がしかし、いったん渡してしまったら、何が起きるかわからんのです。あなたが警察を信頼したくないのも、わからないでもありません。昔あなたが巻き込まれた事件のことは、わたしも小耳に挟んで知っておりますから。ですけど、いいですか、もし犯人のことばを真に受けていいなりになったりしたら、取り返しのつかないことになりますよ」

けれども、警部の最後のほうのことばはジャスティンの耳に入っていなかった。警部がいったとおり、彼は十八歳のときのあの事件以来、警察に対して根深い不信感を抱き続けてきた。そしてその不信感は、今彼がセーターの上から無意識のうちに触っている例の傷跡と共に、一生消えそうにない。

ところが、ふと自分のわき腹に目をやったジャスティンは、いつのまにか傷跡の位置に指が来ているのに気づいて、思わずはっとした。その癖はもうやめると誓ったはずなのに。ひょっとすると、と彼は思った。警部が正しくて僕はまちがっているのかもしれない。いつまでたっても未練がましくこんな傷跡に触って……え？　傷跡？　傷跡だって？

「そうか、そうだったのか！」立ち上がりざまにジャスティンが大声を上げた。

「どうしたの？」アンナはびっくりして彼を見上げた。

ジャスティンがゆっくりとレニッキ警部のほうに体を向ける。「警部、さっきセレナは僕の質問に対して、〝元気でいるわ〟と答えたあと、〝傷跡もないし〟と付け加えました。変だと思いませんか？　あなたも聞いていたように、僕は〝けがはないかい〟としかきかなかった。それが、いきなり傷跡だなんて……。つまり、彼女は僕がネバダで刺し殺してしまった男のことをいいたかったんですよ。彼女は全部知っていますから」

レニッキ警部はすでにテーブルの電話に走っていた。「確か、その男の名まえはチャーリー……」

「チャールズ・テレンス・フォード」ジャスティンはフルネームをすらすらと口にした。彼にとっては、忘れようにも忘れられない名まえだった。「チャールズには妻とひとり息子がいただけです。ということは、つまり、あの息子が……？」

ジャスティンは信じられないといった表情で頭を左右に振った。フォードの息子なら、当時裁判所で何度も顔を合わせたことがあるのでよく覚えていた。ライトブルーの目をした三歳くらいの子どもで、おどおどした顔つきがやけに印象的だった。新たな恐怖感がジャスティンを襲い、彼は両手を固くにぎってその場に立ち尽くした。

「わかりましたよ！」電話を終えたレニッキ警部がそう叫んだのは、アンナとケインに促されたジャスティンが再びソファに座って、しばらくしてからだった。

「息子の名まえは、テリー・フォード」ソファに近寄りながら警部が続けた。「どうも、この男を犯人と断定してよさそうですな。ラスベガス発の飛行機の搭乗者名簿にも同じ名まえがありまして、五日前に確かにこのアトランティックシティに来ているのです。セレナさんを監禁しているのが市内とは限らないし、どうせ偽名を使って潜伏しているのでしょうが、一応市内全域にわたってホテルや貸し家などをチェックさせてみます。母親は、三年前に再婚したらしいですな。ま、母親のほうの居所はすぐにつかめるでしょう」

部屋の中の空気が少し軽くなった。が、だれも口をきかない。レニッキ警部はジャスティンに顔を向けた。

「ところで、ブレードさん。身代金ですが、どのくらいで調達できるものなのですか？」

「あすの朝八時までにはなんとか」

警部は太いまゆを上げて口をすぼめた。「二百万ドルという大金を？」

「ええ」

「わかりました。じゃ、今度犯人から電話があったら、九時には用意できるといってください。それから、発信機の件をもう一度考えてみていただけませんか」ジャスティンが口を開きかけたが、警部は彼を制して続けた。「悪いことはいいません。セレナさんを無事に救出するためにも、最善を尽くしてみようじゃありませんか」

ジャスティンはこのとき初めて警部の顔に疲労が表れているのに気づいた。考えてみれば、もう真夜中だというのに警部もその部下たちも、仮眠はおろか食事すらろくに取っていなかった。

「考えてみます」伏し目がちにジャスティンがいうと、警部はにっこり笑ってコーヒーポットに手を伸ばした。

朝六時、電話がまた鳴り始めた。アンナとダニエルはソファの上で目を覚ました。アランはひじ掛け椅子の中でびくっと身を起こした。ケインはカップを持ったまま小走りでリビングに姿を見せた。そして、アンナの横でじっと電話をにらんでいたジャスティンは、テーブルの刑事たちに目くばせして、おもむろに受話器を取り上げた。

「はい、ブレードです」

「金は用意できたか？」

「九時には用意できる」

「よかろう。ホテルの右手を二ブロック行った所にガソリンスタンドがある。そこの電話ボックスに九時十五分に来い。そこでまた指示を与える」

テリーは興奮した面もちで受話器を置き、キッチンでコーヒーをいれて飲んだあと、セレナのようすを見に寝室へ向かった。

セレナは物音で目を覚まし、彼が部屋に入ってきたときにはすでに体を起こしてドアのほうに目を凝らしていた。そして、テリーが申しわけなさそうにセレナを見たとき、彼女はとっさに、今がチャンスだと思った。彼は昨夜もセレナが泣きやむまでベッドの横にたたずんでいたし、泣きやんだ彼女が顔を向けたときには、すまなそうに目をそらしたほどだった。彼がセレナに同情し始めているのは明らかだ。そこにつけ込めば、脱出の糸口がつかめるかもしれない……。

セレナはいちかばちか、大げさに顔をゆがめて弱々しい声で頼んだ。「お願いだから、手錠を外してくれない？　手首が、痛くてたまらないの」

「それはだめだ」テリーはにべもなくはねつけた。が、その態度には落ち着きがなく、視線はあらぬ方向をさまよっていた。「おれは朝めしでも作ってくるよ」

「ちょっと待ってよ」哀れみを請うような口調でセレナが声をかけた。「ずっと横になったままだったから、背中も痛いの。起きて少し歩きたいわ。それに手錠を外したからといって、わたしがどこに逃げるっていうの？　女のわたしがあなたを振り切って逃げられるわけがないでしょう？」

「わかったよ。じゃ、キッチンにだけは連れてってやるよ。でも、いいかい？　少しでも妙なまねをしたら、すぐここに連れ戻して、今度はさるぐつわをかませるからな」

セレナはおとなしくうなずいた。テリーはジーンズの右ポケットからかぎを取り出して、まず支柱の側の輪を外し、それから彼女の手首の側の輪を外した。

一瞬セレナは、テリーを突き飛ばして駆け出そうかと思った。だが、すぐに思い直しておとなしくベッドから下り、背中の痛みをほぐすように体を動かした。

手錠をジーンズの尻ポケットに突っ込んだテリーが、腕を取ってセレナをキッチンに連れていく。彼女はテリーに気づかれないように辺りを見回した。しかし、窓にはすべてブラインドが下りていて、外のようすはまったくわからない。彼女は内心舌打ちしていた。

「そこに座って」キッチンに入ると、今にも壊れそうな木の椅子を指さしてテリーが命令した。セレナがこわごわ腰を掛ける。すると彼は、すばやくしゃがみ込み、あっという間に彼女の両足首を手錠でつないだ。

「悪く思わないでくれ。念のためだ」テリーは立ち上がって額の髪をかき上げた。「コーヒー、飲むかい？」

「ええ。いただくわ」セレナは内心の動揺をひた隠しにして静かに答えた。そして、武器を求めてすばやく室内に視線を走らせた。

「夜にはここから出られると思うよ」テリーはセレナから目を離さずにポットのコーヒーをカップについだ。「今ごろブレードのやつは金を用意しているはずだ。ほっとしただろう？」

「でも、大金を手にしてもあなたは決して幸せにはなれないと思うわ」テリーを刺激したくはなかったが、セレナは思わず口を開いていた。「それにあなたはまだ若いのに、こんなことで残りの人生を台なしにするつもり？　今からでも遅くないわ。あなたほどの頭脳と実行力があれば、いくらでも道は開けるわよ。わたしが力を貸してあげてもいいわ。わたしの兄は――」

「よけいなお世話だ」押し殺した声でテリーがすごんだ。「これは復讐《ふくしゆう》なんだ。ブレードのやつがめちゃめちゃになればそれでいいのさ」

「彼はめちゃめちゃになんかならないわ」

「さあ、それはどうかな。二百万ドルもの現金を取られてやつが平気でいられるはずがない。借金地獄が待っているのは目に見えているからな。それに、あんたが無事に戻るまでは、やつは苦しみ続けるわけだし」

「テリー――」

「うるさい！」テリーはいらだたしげに両手を振った。「おれはやつに思い知らせてやるんだ。おれとおふくろがどんなに惨めな生活を送ってきたかをな！　おやじが死んでから、おれたちがどれだけ苦労してきたと思ってるんだ。それなのに、人殺しのブレードはぬくぬくと私腹を肥やしやがって。こんなに不公平なことがあっていいのか？」

セレナはテリーから目をそらしてうつむいた。それ以上何をいっても彼を興奮させるだけだろう。

「コーヒー、入ったぜ」テリーは彼女の前のテーブルにカップを置いた。「これから何か作ろうと思うけど、あんたも食べるだろ？」

何も食べる気がしなかったが、セレナはテリーの顔を見つめてゆっくりとうなずいた。テリーが朝食の準備を始めた。セレナは足首の手錠に視線を落とした。なんとかしなければとは思うものの、カンガルーではあるまいし、ぴょんぴょん跳ね回って格闘するわけにもいかない。かといって、このままおとなしくしていたら、またベッドの支柱に手錠でつながれてしまう。そうなったらもう、逃げ出すチャンスはない。

セレナは顔をしかめて、何げなくテリーのほうに顔を上げた。とそのとき、テリーが棚からフライパンを取り出している姿が目に入った。次の瞬間、彼女はうめき声を上げて床に崩れ落ちた。

「おい！」テリーはあわててセレナのもとに駆け寄った。フライパンを床に置いて心配そうに彼女の顔をのぞき込む。「だいじょうぶか？　気分でも悪いのか？」

「ちょっと目まいが……」セレナは弱々しくつぶやきながら、体の下になっている右手をそっとフライパンの柄に忍ばせた。そして、テリーがセレナを抱き起こそうと深く体をかがめたとき、彼女は渾身《こんしん》の力を込めて彼の頭にフライパンを打ち付けた。ごーんとみごとな音がして、テリーは声も立てずに彼女の上に倒れ込んだ。

セレナはテリーの下敷きになったまま、じっと息を殺して床に体を横たえていた。テリーはぴくりとも動かない。彼女は急に不安になってきて、震える指先を彼の首筋に当てた。

「よかった……」セレナはほっとため息を漏らした。指先に彼の脈がはっきりと感じられたのだ。彼女はテリーの体の下からはい出し、彼のジーンズの右ポケットからかぎを取り出すと、女性のものとも思えない腕力を授けてくれた両親に感謝しつつ、両方の足首から手錠を外した。

ジャスティンが出発の用意を調えてリビングに戻ってみると、アンナがしきりにダニエルに食事を取らせようとしていた。ソファの前のテーブルには、ふたりの朝食が手つかずのまま残っている。

「あら、もう出かけるの？」ジャスティンに気づいたアンナが、不安と期待が入り混じった複雑な表情で彼を見上げた。

「ええ。そろそろオフィスに現金が届くころですから」

アンナは立ち上がると、ジャスティンのそばまで歩いていった。厳しい顔つきの彼を両手でそっと抱き寄せる。「気をつけてね、ジャスティン。ほんとうに、気をつけてね」

そしてジャスティンが口を開きかけたとき、ガラステーブルの電話がいきなり鳴り始め、ふたりは思わず顔を見合わせた。

「犯人からかしら……」不安そうにアンナが声を潜めた。

「そんなはずはないんだが……」ジャスティンはひとり言のようにつぶやいて、いぶかしげに電話のほうに歩いていった。朝食を終えてオフィスに下りる準備をしていた刑事たちが、慌てて録音機を接続し直してヘッドホンを耳に当てる。ジャスティンはレニッキ警部の合図でゆっくりと受話器を取った。

「ジャスティン」

「はい、ブレードです」

「セレナ!」ジャスティンが思わず大声を上げ、リビングの中が騒然となった。彼は息せき切って続けた。「どうした? 何かあったのか?」

「ええ。あっ、いいえ、つまり――」

「どうした、いってごらん。やつが何かしたわけじゃないんだろう? やつは横にいるんだろう?」

セレナはのどをひくひくさせた。「彼なら、キッチンで伸びてるわ」

「ええっ?」ジャスティンは受話器に耳を寄せてきたケインを押しのけながら大声できき返した。「今なんていった?」

「だから、彼を殴り倒して冷蔵庫の脚に手錠でつなげたのよ」

なんだかよくわからなかったが、ジャスティンはむしょうにおかしくなり、げらげら笑い始めた。そして、彼の周りに集まっていたマクレガー家の人々に、笑いながら説明した。

「犯人を殴り倒して、冷蔵庫の脚に手錠でつないだんですとさ」

「なんと!」ダニエルが大声をあげてアンナを抱き締めた。「しかしまあ、どうやって大の男を殴り倒したんだろうな、母さん」

「今の、パパの声?」

「ああ、そうだよ。どうやって殴り倒したのか知りたがってるみたいだよ」

「フライパンよ」

「フライパン!」ジャスティンがあきれ顔でおうむ返しにいった。

「おい、フライパンだってさ!」ダニエルはアンナのほおにキスをして、大きな声で腹を抱えて笑い始めた。

「で、今どこにいるんだい?」

「それが、よくわからないの。彼を冷蔵庫につないだあと、すぐ電話に飛び付いたから……」セレナは懸命に涙をこらえた。泣きださないように、努めて平静を装ってきたが、それももう限界に近かった。だが、彼女は最後の気力を振り絞って頭を働かせた。

「そうだ、ちょっと待って！」セレナは電話を持って窓のそばに行った。「切らないで待ってて。絶対、切っちゃいやよ！」電話を床に置き、力任せにブラインドを引き上げて、すかさず受話器を拾い上げる。「窓から海が見えるわ。海岸の近くみたい。道路があって、そのはるか向こうに、壊れた家が何軒かあるわ。でも、わたし、こんな所には来たこともないわ。わからない。ここはどこなの？」

「そこの電話番号は？」なだめるような口調でジャスティンがきいた。

「わからないわ。何も書いてないんだもの」セレナはヒステリックに金切り声を上げた。

そのとたん、刑事のひとりがジャスティンたちに声をかけた。「逆探知、できましたよ！」

部下から渡されたメモを持って、レニッキ警部が足早にジャスティンたちのほうに近寄っていく。

「町の東の海岸地区ですな」警部がメモを見ながらいった。「小さな貸し別荘のどこかららしい。正確な住所は、ええと……」

だが、ジャスティンはもはや警部の話など聞いていなかった。「心配しなくていいよ、セレナ。これからみんなで、すぐそちらに向かうから」

セレナは玄関のドアを開けっぱなしにして、戸口に立ったままじっと道路に目を凝らしていた。キッチンのほうから何も物音が聞こえてこないとはいえ、彼女は気が気ではなかった。雨上がりの地面を冷たい潮風が吹き抜けていき、真向いにある太陽が、目に痛いほどの日ざしを放っている。

車が見え始めたとたんに、セレナはまず、みんなの前では絶対に涙を見せまいと思った。特にジャスティンの前では泣き顔を見せたくなかった。二台のパトカーを従えて、黒塗りのベンツが猛スピードで近づいてくる。セレナは深呼吸して、玄関から地面に下り立った。ベンツがセレナの前で急停止して、ジャスティンがあわただしく車から降りてきた。

「セレナ！」ジャスティンはセレナを熱烈に抱き上げて、大きく左右に振った。そして彼女を地面に下ろすと、やにわに激しく唇を重ねた。

「ああ、ジャスティン」ジャスティンが唇を離すと同時に、セレナは彼の胸に顔をうずめた。

「わたしにもレナの無事な顔を拝ませてくれよ」ジャスティンの背後からダニエルが声をかけた。セレナは父親に抱き付いた。ダニエルは娘の顔を両手で挟んでいたずらっぽい笑みを浮かべた。

「フライパンでやっつけたそうじゃないか。よくやった。さすがマクレガー家のレディだ」

セレナは父親に熱烈なキスをした。「でも、先が思いやられるんじゃない？　わたし、男まさりのレディになりそうよ」

「とんでもない！」ダニエルは大声でいって、急に声をひそめた。「もっとも、母さんはだいぶ頭を抱えているかもしれんが」

その後、セレナがアランやケインとも再会を喜び合っていると、テリーがレニッキ警部や刑事たちに引き立てられて玄関から出てきた。

「セレナさん」警部がいった。「署のほうで調書を取りたいのですが、ご同行願えますか？」

「あとでもいいんでしょう？」

ジャスティンにきき返されても、警部は別にいやな顔もせず、こっくりうなずいてみせた。「じゃ、あす以降でもかまいませんが、できることならなるべく早いほうがわたしとしても――」

「ええ、わかってます……」セレナはテリーを見つめながら、うわの空で返事をした。

ふたりの刑事に両わきを固められたテリーは、セレナの声に気づいて顔を上げた。ジャスティンはぼう然とテリーの顔を見つめている。ライトブルーの目。おどおどした顔つき。十数年前に裁判所で何度も顔を合わせたときにはテリーはまだ三つかそこらだったはずだが、ジャスティンは今自分が当時の裁判所にいるような、そんな錯覚さえ起こしそうだった。

セレナがジャスティンの腕にそっと手をかけた。まるで、彼の怒りを静めるかのように。テリーはパトカーに乗せられるまで、ずっとジャスティンに視線を注いでいた。

「彼のこと、許してあげて」セレナは祈るような口ぶりでジャスティンにささやいた。「お願いだから、許してあげて」

ジャスティンは肩に腕を回してセレナの体をしっかりと抱き寄せた。「そのつもりだよ」

「すぐお帰りでしたら、これからパトカーでお送りしますが」レニッキ警部がダニエルたちに声をかけた。

「さあ、帰るぞ、レナ」ダニエルはそういって、セレナとジャスティンのほうに歩き始めた。

「あなた」アンナが夫の腕に手をかけて引き止めた。「レナはジャスティンに任せて、わたしたちだけ先に帰りましょ。そのほうがいいわ」

「そんなことといったって、おまえ、レナは靴も履いとらんじゃないか」アンナに促されてパトカーに向かいながらも、ダニエルは未練がましく娘のほうを何度も振り向いた。

「おやじさん?」ケインがダニエルに耳打ちした。「おとなしく僕たちといっしょに帰ったら、特上の葉巻を買ってあげてもいいよ。もちろん、おふくろにはないしょでね」

ダニエルは妻のほうを横目でうかがって、軽くせき払いをした。「ま、レナはジャステインに任せておくとするか」

「さあ、僕たちも帰ろうか」ジャスティンがセレナに声をかけた。「いつまでもこんな所に立っていたら、かぜをひいてしまうよ」

「わたし、少し浜辺を歩きたいわ」セレナはジャスティンの腰に腕を巻き付けた。「だって、わたしは二十時間も寝かされっぱなしだったのよ」

「だけど、きみは裸足《はだし》じゃないか」

「あら、浜辺を歩くにはこれがいちばんなのよ」

「じゃ、せめてこれを着るといい」ジャスティンは上着を脱いでセレナの肩に掛けた。

「それじゃ、僕たちはお先に！」ケインがパトカーの窓から手を振った。

「セレナさん、署のほうでお待ちしていますから、なるべく早く――」

「わかりました」セレナはレニッキ警部に大声で答えて、愛敬《あいきょう》たっぷりに手を振った。

警部が頭を振り振りパトカーに乗り込むと、二台のパトカーはセレナとジャスティンに見送られながら、瞬く間に道路のかなたに消えた。

「ジャスティン？」浜辺を歩きながら、セレナが小声でいった。「もし身代金をまんまと奪われていたら、あなたはどうするつもりだったの？　あなたのことだから、パパにも頼まず、ひとりで調達したんでしょうけど……」

「別に。二百万ドルぽっち、僕にはどうってことないさ」

「二百万ドルぽっちですって？」セレナはあきれ顔でジャスティンを見上げた。「共同経営者としていわせてもらうなら、今回のあなたの行動は自殺行為にも等しいわ。へたをすれば、破産——」

「セレナ」ジャスティンは歩みを止め、セレナの両肩に手を置いて彼女の顔をまじまじと見つめた。

「確かにきみのいうとおりだ。だけど経営者として失格かもしれないけどね、正直いって僕は少しも迷わなかったんだ。二百万ドルごときできみの命が救えるなら安いもんだ、と本気で思った。それどころか、きみを助けるためだったら僕はたとえ彼に殺されてもかまわない——」

「ジャスティン！」セレナは彼の顔から目をそむけた。そして、低い声で続けた。「もう二度とそんなばかなことを口にしないで。殺すだの殺されるだの、そんなこと、もうたくさんだわ」

「きみのその怒った横顔が、なんだかむしょうに懐かしく思えるよ」

セレナは唖然《あぜん》とした表情で、再びジャスティンを見つめた。彼は和やかな笑みを浮かべて彼女を見つめている。セレナは大きくため息をついて、海のほうに視線を戻した。

「どうやら、わたしたちって付き合いかたを根本から変えないとだめみたいね」

「え？」

「だから、契約書に正式にサインする前に、もう一度考え直す必要があるってこと」

ジャスティンはますますいぶかしげにまゆをしかめた。「いったい、どういうことなんだい？」

「わたし、ずっと考えていたの」セレナは波打ち際に歩いていった。

ジャスティンが慌てて彼女のあとを追いかける。「考えていたって、何を？」

「今のままの関係では、お互いに仕事がやりにくいと思うの」

「だから？」

「結婚するのよ」海を見つめたまま、セレナはぶっきらぼうにいった。

「結婚だって。僕たちが？」ジャスティンはセレナの横顔をまじまじと見つめた。彼の大きなジャケットからにゅっと突き出たセレナの顔は真剣そのものだった。彼はひとり言のように繰り返した。「僕たちが結婚するのかい」

「そうよ。だれでもしていることなんだから、なにもそんなに驚くことはないでしょう」

セレナは海から視線を移してジャスティンの顔を見つめた。「ただし、あなたの返事は、わたしたちにふさわしい方法で決めさせてもらうわよ」

「はあ？」

「これで決めるのよ」セレナはジーンズのポケットから一枚のコインを取り出した。それは、彼女が前日の昼間、着替えのあとそっとポケットに忍ばせた彼のあの〝いかさまコイン〟だった。

「あっ!」ジャスティンはとっさにコインに手を伸ばした。セレナはすばやく身をかわし、くすくす笑いだした。彼はしどろもどろにいった。「セレナ、それはその、つまり……」

「どうかしたの? さあ、投げるわよ」セレナはコインを投げ上げる構えをしてみせた。

「覚悟はいい? 表が出たらあなたの返事はノー。裏だったらイエス。いいわね?」

「ちょっと待った。それはその、両面とも表なんだよ」

「とうとう白状したわね。そうよ、これはあなたのコインよ」

「どうりでポケットをいくら捜しても見つからないと思った」

「で、どうなの? 表がノー、裏がイエスでいいのね?」

「できることなら、その逆のほうが……」

「わかったわ」セレナは晴れやかにほほ笑んだ。「それじゃ、表が出たらイエス、裏が出たらノー。いいわね? いくわよ」

セレナが思い切り投げ上げると、コインは朝日を浴びてきらきら輝きながら、真っ青な秋空に高く高く舞い上がった。

《マクレガー家》シリーズ　MIRA文庫刊行リスト

既刊作品

『反乱』　二〇〇三年一月
『真珠の海の火酒』（本書）　二〇〇三年三月

刊行予定作品

『夢よ逃げないで』　二〇〇三年五月
『ポトマックの岸辺』　二〇〇三年七月
『嵐のソリチュード』　二〇〇三年九月
『白いバラのブーケ』　二〇〇三年十一月

二〇〇四年以降刊行予定作品

『マクレガー家の花婿たち』
『マクレガー家の花嫁たち』
『一七七三年の聖夜』
『光と闇のカーニバル』
『不機嫌な隣人』

●本書は、1987年8月に小社より刊行された作品を
文庫化したものです。

真珠の海の火酒

2003年3月15日発行　第1刷

著　　者／ノーラ・ロバーツ

訳　　者／森　あかね（もり　あかね）

発 行 人／浅井伸宏

発 行 所／株式会社ハーレクイン

東京都千代田区内神田1-14-6

電話／03-3292-8091（営業）

03-3292-8457（読者サービス係）

印刷・製本／大日本印刷株式会社

装 幀 者／土岐浩一

表紙イラスト／鈴木ゆかり（シュガー）

定価はカバーに表示してあります。

ISBN4-596-91063-4

MIRA文庫

ノーラ・ロバーツ
橘高弓枝 訳
反乱
18世紀スコットランド。イングランド貴族ブリガムは、マクレガー氏族のカルと共に、正義を掲げ蜂起した。大人気シリーズのルーツ、刊行！

ノーラ・ロバーツ
入江真奈 訳
ハウスメイトの心得
作家志望のジャッキーが借りた家に、構想中の西部劇の主人公そっくりな男性が現れた！ベストセラー作家が描くハッピーなラブストーリー。

ノーラ・ロバーツ
堀内静子 訳
プリンセスの復讐（上・下）
母の祖国アメリカで暮らす中東の王女の素顔は、憎しみに燃える宝石泥棒だった。王国で開かれた結婚式の夜、彼女は静かに標的へと向かう。

ノーラ・ロバーツ
飛田野裕子 訳
聖なる罪
手がかりは司祭の肩衣、そして〝罪は許された〟のメッセージ。精神科医テスが挑む、連続殺人の真相とは!? ノーラ・ロバーツのサスペンス大作。

リンダ・ハワード
松田信子 訳
炎のコスタリカ
捕らわれの屋敷から救い出してくれたのは、危険な匂いのする男。深い密林の中、愛の炎が熱く燃える。ロマンスの女王、MIRA文庫初刊行！

リンダ・ハワード
落合どみ 訳
ダイヤモンドの海
全裸で浜辺に流れ着いた、瀕死の男。理由を聞かずかくまうレイチェルの周りに、次第に不穏な影が…。運命が呼び寄せた、危険な愛。